文春文庫

秋山久蔵御用控

花 飾 り

藤井邦夫

文藝春秋

目次

「秋山久蔵御用控」江戸略地図

実際の縮尺とは異なります

日本橋を南に渡り、日本橋通りを進むと京橋に出る。京橋は八丁堀に架かっており、尚も南に新両替町、銀座町と進み、四丁目の角を右手に曲がると外堀の数寄屋河岸に出る。そこに架かっているのが数寄屋橋御門であり、渡ると南町奉行所があった。南町奉行所には〝剃刀久蔵〟と呼ばれ、悪人を震え上がらせる一人の与力がいた……

秋山久蔵御用控・登場人物

秋山久蔵（あきやまきゅうぞう）

南町奉行所吟味方与力。〝剃刀久蔵〟と称され、悪人たちに恐れられている。何者にも媚びへつらわず、自分のやり方で正義を貫く。「町奉行所の役人は、お奉行の為に働いてるんじゃねえ、江戸八百八町で真面目に暮らしてる庶民の為に働いているんだ。違うかい」（久蔵の言葉）。心形刀流の使い手。普段は温和な人物だが、悪党に対しては、情け無用の冷酷さを秘めている。

弥平次（やへいじ）

柳橋の弥平次。秋山久蔵から手札を貰う岡っ引。柳橋の船宿『笹舟』の主人で、〝柳橋の親分〟と呼ばれる。若い頃は、江戸の裏社会に通じた遊び人。

神崎和馬（かんざきかずま）
南町奉行所定町廻り同心。秋山久蔵の部下。二十歳過ぎの若者。

蛭子市兵衛（えびすいちべえ）
南町奉行所臨時廻り同心。久蔵からその探索能力を高く評価されている人物。妻が下男と逃げてから他人との接触を出来るだけ断っている。凧作りの名人で凧職人として生きていけるほどの腕前。

香織（かおり）
久蔵の後添え。亡き妻・雪乃の腹違いの妹。惨殺された父の仇を、久蔵の力添えで討った過去がある。長男の大助を出産した。

与平、お福（よへい、おふく）
親の代からの秋山家の奉公人。

幸吉（こうきち）
弥平次の下っ引。

寅吉、雲海坊、由松、勇次、伝八、長八（とらきち、うんかいぼう、よしまつ、ゆうじ、でんぱち、ちょうはち）
鋳掛屋の寅吉、托鉢坊主の雲海坊、しゃぼん玉売りの由松、船頭の勇次。弥平次の手先として働くものたち。伝八は江戸でも五本の指に入る、『笹舟』の老練な船頭の親方。長八は手先から外れ、蕎麦屋を営んでいる。

おまき
弥平次の女房。『笹舟』の女将。

お糸（おいと）
弥平次、おまき夫婦の養女。

太市（たいち）
秋山家の若い奉公人。

秋山久蔵御用控

花飾り

第一話

長い日

一

正月——一月。

江戸では七日迄が松の内であり、家の掃除は行なわない。それは、箒《ほうき》で幸せを掃き出さない為だとされていた。

七草粥を食べて松の内も終わり、十六日の藪入りが訪れる。

藪入りは、奉公人にとっては年に二度の貴重な休日だった。

八丁堀岡崎町《はっちょうぼりおかざきちょう》の秋山《あきやま》屋敷では、下男の太市《たいち》が香織《かおり》に伴われて久蔵《きゅうぞう》の座敷を訪れた。

「旦那さま。太市を呼んで参りました」

香織は、敷居際に控えた太市を示した。

「おう。来たか、太市」

「はい……」

「今日は藪入りだ。今日一日屋敷の仕事を忘れ、こいつで遊んでくるが良い」

久蔵は、笑みを浮かべて懐紙に包んだ金を差し出した。

「はい。ですが……」

太市は、金を受け取るのを躊躇《ためら》った。

「太市、遠慮は無用ですよ」

香織は微笑《ほほえ》んだ。

「そうだ。遠慮は無用だ。久し振りにゆっくり羽を伸ばしてくるんだな」

「ありがとうございます」

太市は、懐紙に包んだ金を握り締めて深々と頭を下げた。


太市は下総松戸《しもうさまつど》の生まれであり、既に二親を亡くしていた。そして、不忍池《しのばずのいけ》の畔《ほとり》の料理屋に板前の見習として奉公したが、先輩たちの苛めに遭って喧嘩になり、半殺しの目に遭わせてしまった。久蔵は、苛めに追い詰められての所業と知り太市を無罪放免とした。柳橋《やなぎばし》の弥平次《やへいじ》は太市を引き取り、船頭の見習にした。

その後、太市は久蔵に望まれて秋山家に下男として奉公した。

「俺には顔を出す実家もないし。今じゃあ与平《よへい》さんとお福《ふく》さんが、お父っつぁんやおっ母さんみたいだし……」

太市は、台所でお福の淹《い》れてくれた茶をすすった。

「あら、ま。嬉しい事を云ってくれるじゃあないか。ねえ、お前さん……」

お福は、肥った身体を揺らして喜んだ。

「まったくだ。でもな太市。折角、旦那さまと奥さまがお小遣いをくれたんだ。湯島天神《ゆしまてんじん》や神田明神《かんだみょうじん》でもお詣りして、精の付く美味《うま》い物でも食べて来るんだな」

与平は、細い皺《しわ》だらけの首を伸ばして笑った。

「湯島天神や神田明神ですか……」

「ああ。それから柳橋の弥平次親分や女将《おかみ》さんに挨拶して来るってのも良いだろう」

与平は勧めた。

「そうか、そうですね……」

太市は、漸《よう》く藪入りにする事を見付けて微笑んだ。

湯島天神の参道には露店が連なり、行き交う参詣人で賑《にぎ》わっていた。

太市は、参拝を終えて露店を冷やかしながら鳥居に向かった。

しゃぼん玉が七色に輝きながら風に舞っていた。

太市は、露店の端で子供たちに囲まれているしゃぼん玉売りの由松《よしまつ》に気が付いた。

「さあ、玉や、玉や、しゃぼん玉だよ……」

由松は、生業《なりわい》のしゃぼん玉売りに精を出していた。

太市は、由松に近寄った。

「由松さん……」

「おう。太市、秋山さまのお使いかい……」

「いえ。今日は藪入りだから……」

「そうか、休みを貰ったのか……」

「はい。それで、これから神田明神にお詣りして、笹舟《ささぶね》に行こうかと……」

船宿『笹舟』は柳橋にあり、神田明神から神田川沿いの道を大川に向かって行けば良い。

「そいつは親分や女将さんも喜ぶぜ、早く行って顔を見せてやるんだな」

「はい……」

「ああ、それから店は休みだ。裏から行きな」

船宿『笹舟』も藪入りで奉公人たちに休みを与え、店を閉めているのだった。

「分かりました。じゃあ……」

太市は、由松に会釈をして鳥居に向かった。

神田川には珍しく船影は見えなかった。

太市は、神田明神の参拝を終えて神田川沿いの道を大川に向かった。そして、神田川に架かる昌平橋《しょうへいばし》に差し掛かった。

太市は、眉をひそめて立ち止まった。

神田川に架かる昌平橋の袂《たもと》では、旅姿の十五、六歳の娘が、派手な半纏《はんてん》を着た二人の地廻りに囲まれていた。

旅姿の娘は、二人の地廻りに頭を下げて立ち去ろうとしていた。だが、二人の遊び人は、しつこく付き纏《まと》っている。

太市は、そう睨《にら》んだ。

旅姿の娘は、今にも泣き出しそうな顔をして二人の地廻りから逃れようとしていた。

二人の地廻りは、嫌がる旅姿の娘を何処《どこ》かに連れて行こうとしている。

太市は、怒りを覚えた。

「何をしているんですか……」

太市は、二人の地廻りを厳しく見据えた。

「なんだ、小僧……」

二人の地廻りは、若い太市を侮《あなど》って嘲笑《ちようしよう》し、凄んだ。

「娘さんは嫌がっている。いい加減にしな」

太市は、そう云いながら身構えた。

「小僧、やろうってのか……」

遊び人の一人が、残忍な笑みを浮かべて太市に殴り掛かった。

太市は身を沈め、殴り掛かった地廻りの腕を素早く取って投げを打った。

殴り掛かった地廻りは、大きな弧を描いて激しく地面に叩き付けられた。

土埃が舞い上がった。

久蔵仕込みの見事な投げ技だった。

残る地廻りは、思わず怯《ひる》んだ。

「さあ……」

太市は、立ち竦《すく》んでいる旅姿の娘の手を取って明神下の通りに走った。

「待て、この野郎……」

残る地廻りは、背に虎の絵柄の半纏を翻して追い掛けようとした。だが、地面に叩き付けられた地廻りが、苦しく呻《うめ》くのに気を取られて追うのが遅れた。

太市は、旅姿の娘を連れて明神下の通りを不忍池に向かった。

不忍池は鈍色《にびいろ》に輝いていた。

太市と旅姿の娘は、不忍池の畔に逃げ込んで乱れた息を整えた。

「大丈夫か……」

「はい。危ない処をお助け戴きまして、本当にありがとうございました」

旅姿の娘は、太市に深々と頭を下げた。

「いや。どうって事はないけど、あいつら何者なんだい」

「分かりません……」

「分からない……」

「はい。私が橋の袂で一休みしていたら、何処に行くんだと声を掛けて来たんです。それで知り合いの家に行くと云うと、案内してやるとしつこく……」

旅姿の娘は、恐ろしそうに身震いした。

「そうか……」

二人の地廻りは、旅姿の娘を拉致《らち》して人買いに売り飛ばす企みだったのかもしれない。

太市は読んだ。

「おいら、太市って者だが、お前さんは……」

「おくみです……」

「そうか、おくみちゃんか……」

「はい」

「おくみちゃん、何処から来たんだい……」

「相州《そうしゅう》の小田原《おだわら》です」

「小田原から一人で来たのか……」

「はい……」

相州の小田原は、江戸日本橋から二十里二十町の処にある。若い娘が、一人で旅して来る距離ではない。

太市は戸惑った。

「で、江戸には何しに来たんだい……」

「そ、それは……」

おくみは躊躇った。

「おいら、八丁堀って処の御武家さまのお屋敷に奉公していてね。決して怪しい者じゃあない」

太市は、おくみを安心させるように笑った。

「はい……」

おくみは、釣られるような笑みを浮かべた。

「ま。とにかく一休みしよう」

太市は、畔の茶店を示した。

不忍池の畔の茶店に客はいなかった。

「おまちどおさま……」

茶店の老婆は、太市とおくみに茶と団子を持って来た。

「さあ、遠慮はいらない。茶と団子で身体を温めな」

太市は、おくみに茶を勧めて団子を食べた。

「はい……」

おくみは、湯気の昇る湯呑茶碗を両手で抱え、息を吹き掛けてすすった。

「温かい……」

おくみは微笑んだ。

「うん。団子も美味いぜ」

太市は、おくみに団子を勧めた。

「はい。戴きます……」

おくみは、腹が減っていたのか団子を美味そうに食べた。

「処でおくみちゃん、さっきの話だけど、江戸に何しに来たんだい」

「私、おっ母さんに逢いに来たんです」

おくみは、思い切ったように告げた。

「おっ母さん……」

「はい。二年前、大工だったお父っつぁんが普請場で大怪我をして働けなくなり、おっ母さん、江戸に出稼ぎに来たんです」

「じゃあ、そのおっ母さんに……」

「はい。お父っつぁんの具合が悪くなったから報《しら》せに……」

「そいつは大変だ。それでおっ母さん、江戸の何処にいるんだい」

「浅草の花川戸町《はなかわどちよう》にある若柳《わかやぎ》って料理屋で台所の下働きをしています」

「おっ母さん、そこで働いて小田原にお金を送ってくれているのか……」

「はい……」

おくみは、淋しげに頷《うなず》いた。

「おくみちゃん、歳は幾つだい」

「十六歳です」

「そうか、十六歳か……」

「太市さんは……」

「おいらは十九歳だぜ」

「じゃあ三つ歳上ですね……」

「まあな……」

太市は苦笑した。

「太市さん、浅草の花川戸町を知っていますか……」

「ああ。知っているよ」

「此処《ここ》からだったら、どう行けば良いんですか……」

「うん。下谷《したや》広小路《ひろこうじ》を抜けて東にずっと行けば良いんだけど……」

「遠いんですか……」

おくみは、不安げに太市を見詰めた。

「いや。遠くはないけど……」

柳橋の船宿『笹舟』に行くのは、おくみをおっ母さんの許に送ってからだ。

太市は決めた。

「よし。送るぜ」

「えっ……」

「藪入りで遊んでいるだけだからね」

太市は笑った。

不忍池には水鳥が遊び、鈍色の水面《みなも》に幾重もの波紋を重ねていた。


柳橋の船宿『笹舟』は、大戸を降ろして店を閉めていた。

養女のお糸《いと》は、台所で弥平次や女将のおまきと食べる昼飯の仕度をしていた。

船宿『笹舟』の奉公人たちは、実家に帰ったり、連れだって遊びに出掛けたりしていた。

勝手口から由松が入って来た。

「あら、由松さん、お帰りなさい」

「こいつはお嬢さん、只今戻りました」

「商い、どうだった」

お糸は、昼飯の仕度の手を止めずに尋ねた。

「正月も終わって、一休みって処ですぜ」

由松は、しゃぼん玉を入れた箱を首から降ろした。

「そう。あっ、お昼、一緒にどう……」

「いいえ。折角ですが、行商人仲間と済ませて来ました」

「そう……」

「処でお嬢さん、太市は親分の処ですかい」

「えっ……」

お糸は、由松に怪訝《けげん》な眼を向けた。

「あれ、太市、来たでしょう」

「いいえ。太市ちゃん、来ちゃあいませんよ」

「来ていない……」

由松は戸惑った。

「ええ……」

「湯島天神で太市と逢いましてね。秋山さまに藪入りの休みを貰い、親分と女将さんに挨拶に行くと云っていましてね。ですから、てっきり来ていると……」

「それは変ね……」

お糸は眉をひそめた。

「お邪魔をしますぜ」

下っ引の幸吉《こうきち》が、勝手口から入って来た。


柳橋の弥平次は、昼飯を食べ終えて茶をすすった。

「太市、此処に来ると云っていたのは、間違いないんだな」

弥平次は、戸惑いを過《よ》ぎらせた。

「そいつはもう。それなのに来ていないのは妙ですよ」

由松は、身を乗り出した。

「湯島天神から柳橋に来る迄の間で何かがあったかな……」

弥平次は眉をひそめた。

「ですが、取立てて騒ぎがあったとは、聞きませんでしたが……」

由松は首を捻《ひね》った。

「そう云えば、花房町《はなぶさちょう》の地廻りが昌平橋の袂で若い野郎に痛め付けられ、医者に担ぎ込まれたって話、聞いたぜ……」

幸吉は苦笑した。

「地廻りが若い野郎に……」

由松は眉をひそめた。

「ああ……」

「由松、ひょっとしたらそいつが拘《かか》わりあるのかもしれないな」

「はい……」

由松は喉を鳴らした。

「もし、若い野郎が太市だとしたら、どうして地廻りを痛め付けたかですね」

幸吉は、弥平次を窺《うかが》った。

「うむ。よし、幸吉、由松、地廻りに当って若い野郎が太市かどうか突き止めてくれ」

「はい。で、もし太市でしたら……」

「面倒に巻き込まれたのかどうかと、その足取りだ」

弥平次は命じた。

浅草広小路は、金龍山浅草寺《きんりゅうざんせんそうじ》の参拝客や遊びに来た者で賑わっていた。

太市は、おくみを連れて広小路の雑踏を抜け、吾妻橋《あづまばし》に向かった。

吾妻橋は大川に架かっており、西詰から北に続いている町が浅草花川戸町だった。

太市は、おくみを花川戸町に連れて行った。

「此処が花川戸町だぜ……」

「此処ですか……」

おくみは、花川戸町の町並みを眺めた。

「うん。料理屋、若柳って云ったね」

「はい……」

「よし。探してみよう」

太市とおくみは、花川戸町の料理屋『若柳』を探し始めた。

神田花房町は、神田川に架かる筋違《すじかい》御門の北詰、御成《おなり》街道の入口にある。

幸吉と由松は、神田花房町にある地廻りの元締の家を訪れた。

「こりゃあ、幸吉の兄いに由松っつぁんじゃあねえか……」

初老の元締の政五郎《まさごろう》は、赤ら顔に狡猾《こうかつ》さを過ぎらせた。

「元締、若い野郎に痛め付けられた地廻りがいると聞いたが……」

幸吉は苦笑した。

「ああ。どじな奴がいてな。そいつがどうかしたかい……」

政五郎は、幸吉と由松に探る眼を向けた。

「若い野郎がどんな奴か、ちょいと聞きたくてね。逢えるかな」

「若い野郎、探しているのか……」

政五郎は、幸吉と由松の狙いを探った。

「まあな。で、逢わせてくれるのかい」

幸吉は、政五郎を厳しく見据えた。

「柳橋の親分の身内に嫌とは云えねえさ。おい、案内してやんな……」

政五郎は苦笑し、若い地廻りに命じた。

「へい。こちらにどうぞ……」

若い地廻りは、幸吉と由松を店土間の隣の部屋に案内した。

隣の部屋では、太市に投げ飛ばされた地廻りが蒲団に寝ていた。

「やあ……」

幸吉は、懐の十手を見せた。

地廻りは眉をひそめた。

「腰でも痛めたかい」

「へい……」

地廻りは、痛みに顔を歪《ゆが》めて頷いた。

「どんな野郎だった。お前を痛め付けた若いのは……」

「背の高い十八、九の小僧だぜ」

地廻りは、悔しげに吐き棄てた。

「で、どうして揉めたんだい」

「若い女をちょいとからかっていたら、急に出て来て生意気な口を利きやがってな……」

「若い女……」

幸吉は眉をひそめた。

「兄貴……」

由松は、若い野郎が地廻りに眼を付けられていた若い女を助けたのだと読んだ。

幸吉は、由松が自分と同じ読みだと知った。

「それで、どうしたんだい」

「ちょいと脅かしてやろうとしたら、いきなり投げ飛ばしやがった」

地廻りは、腹立たしげに告げた。

「へえ、十八、九の小僧にしては凄いな」

「ああ。ありゃあ柔術でも修行していやがるんだぜ」

太市は、久蔵から捕縛術を厳しく仕込まれている。

幸吉と由松は、若い野郎が太市だとの思いを強くした。

「で、若い野郎、どうしたんだ」

「若い女を連れて不忍池の方に逃げて行きやがったぜ」

「不忍池か……」

「ああ……」

地廻りは頷いた。

「処で若い女をからかっていたのは、お前一人か……」

由松は、不意に尋ねた。

「えっ、ああ……」

地廻りは、思わず戸惑ってから頷いた。

嘘だ……。

地廻りと一緒にいた仲間が、逃げた若い野郎と若い女を追っている。

幸吉と由松は見抜いた。

若い女を地廻りから助けた若い野郎は、太市に間違いない。

幸吉と由松は見定めた。

そして、太市は若い女を連れて不忍池の方に逃げ、地廻りの仲間が追っているのだ。

幸吉と由松は睨んだ。

「よし。不忍池だ……」

幸吉と由松は、地廻りの政五郎の家を出ようとした。

「何かわかったかい……」

政五郎が、薄笑いを浮かべて出て来た。

「ああ。若い野郎、どうやら南町奉行所の秋山久蔵さまに縁のある者だぜ」

幸吉は告げた。

「剃刀《かみそり》久蔵に縁のある者……」

政五郎の顔色が、一瞬にして蒼《あお》く変わった。

「ああ。怪我でもさせたら首が飛ぶぜ」

由松は、面白そうに笑った。

「首が飛ぶ……」

政五郎は、喉を引き攣《つ》らせて声を嗄《か》らした。

「ああ。もし、追手を掛けているのなら、覚悟を決めてやるんだな」

「冗談じゃあねえ……」

政五郎は、立ち竦んで震えた。

「邪魔したな」

幸吉と由松は、地廻り政五郎の家を出て不忍池に急いだ。

二

隅田川は滔々《とうとう》と流れていた。

太市は、浅草花川戸の自身番を訪れ、己の素性を告げて料理屋『若柳』の場所を尋ねた。

太市が秋山家の者だと知った店番《たなばん》は、料理屋『若柳』の場所を詳しく教えてくれた。

自身番や木戸番を訪ねるのは、探索を早く進めるのは勿論、仲間と繫ぎを取ったり、己の足取りを残す手立ての一つでもある。

太市は、久蔵にそう教えられていた。

料理屋『若柳』は隅田川の傍にあり、吹き抜ける川風に暖簾《のれん》を揺らしていた。

「此処だな……」

『若柳』の看板を掲げた料理屋を示した。

「はい」

おくみは、二年振りに逢う母親に懐かしさと不安を覚えながら頷いた。

「じゃあ、早くおっ母さんと逢うんだな」

太市は微笑んだ。

「はい。いろいろお世話になりました」

おくみは、太市に深々と頭を下げた。

「なあに、礼には及ばないよ。じゃあ……」

太市は踵《きびす》を返し、料理屋『若柳』の前に佇《たたず》むおくみと別れた。そして、横丁に入り、家の陰から密かにおくみを見守った。

おくみは、不安げな面持ちで料理屋『若柳』に入って行った。

おっ母さんと逢えると良いが……。

太市は、おくみがおっ母さんと上手《うま》く逢えるかどうか気になった。

僅《わず》かな時が過ぎた。

何事もない処をみると、おくみは上手くおっ母さんと逢えたのだ。

太市がそう思った時、料理屋『若柳』からおくみが悄然《しょうぜん》とした足取りで出て来た。

どうした……。

太市は緊張した。

おくみは、隅田川の岸辺にしゃがみ込んで焦点の定まらない眼を流れに向けた。

太市は見守った。

おくみは、両手で顔を覆った。

泣いているのか……。

太市は耐えきれなくなり、おくみの許に駆け寄った。

「おくみちゃん……」

太市は呼び掛けた。

おくみは、慌てて立ち上がって振り向いた。

「どうした、おっ母さん……」

「太市さん……」

おくみは、太市を見て安心したのか、懸命に堪《こら》えていた涙を零《こぼ》した。

太市は、おくみが母親と逢えなかったのを知った。

おくみはすすり泣いた。

「おっ母さん、どうしたんだ」

「いなかったんです」

「いなかった……」

太市は戸惑った。

「はい。おっ母さん、去年の夏、暇を取って出て行ったそうなんです」

おくみは、手拭で涙を拭った。

「去年、暇を取った……」

太市は眉をひそめた。

「はい」

「で、何処に行ったのか分からないのかい」

「本所《ほんじょ》って処だとか……」

「本所……」

「はい」

「本所の何処かは……」

「分かりません」

「そうか……」

本所と云っても広く、小田原から来たおくみが探すには難し過ぎる。

「太市さん、本所って何処ですか……」

「この川の向こう側の町だよ」

「近いんですね」

おくみは、隅田川の向こうに見える家並みを哀しげに眺めた。

「おっ母さんの名前、おちかさんだったな」

「はい……」

「おいらが詳しく訊いてくる。此処で待っていな」

太市は、料理屋『若柳』に向かった。

料理屋『若柳』の女将は、面倒臭そうに眉をひそめた。

「おちかの事ですか……」

「ええ。本所の何処に行ったのか、御存知じゃありませんか……」

太市は尋ねた。

「さあ、台所の下働き女中の事迄はねえ……」

「じゃあ、女中頭の方に……」

「お前さん、何処の何方《どなた》か知らないけど、うちは商い中なんですよ」

女将は、露骨に嫌な顔をした。

「そいつはもう。ですが、そこを何とか女中頭の方に……」

太市は粘った。

「煩《うるさ》いと云ってんだろう」

旦那らしき初老の男が、腹立たしげな面持ちで奥から出て来た。

太市は腹を決めた。

「こいつは、お騒がせをして申し訳ありません。旦那さまですか……」

「ああ。だったらどうだってんだい」

初老の男は、眉をひそめて頷いた。

「手前は、南町奉行所吟味方与力《ぎんみがたよりき》秋山久蔵の家の者にございまして……」

太市は、料理屋『若柳』の旦那と女将を見据えて告げた。

「南の御番所の秋山久蔵さま……」

旦那は、秋山久蔵の評判を知っているらしく血相を変えた。

「お、お前さん……」

女将は慌てた。

旦那と女将の狼狽《うろた》えようは、御定法《ごじょうほう》に触れるような真似をしている事を窺わせた。

太市は押した。

「それで、秋山の言い付けでおちかさんを探しているんですが、若柳の旦那さまと女将さんには、お力添え戴けなかったと申し伝えます。商い中にお邪魔して申し訳ございませんでした。もし、商いに差し障りがおありでしたなら、秋山にお申し入れ下さい。それなりのお詫びを致します。お邪魔致しました……」

太市は、それとなく脅した。

「お、お待ち下さい……」

旦那は、慌てて太市を呼び止めた。

「女将、女中頭を早く呼んで来なさい」

旦那は掌《てのひら》を返した。

「は、はい……」

女将は、台所に急いだ。

「ささ、こちらにどうぞ……」

旦那は、太市を帳場の隣の小部屋に誘《いざな》った。


女中頭は、緊張した面持ちで太市を窺った。

「おちかさんの事で何か……」

「ええ。おちかさんは去年、若柳を辞めて本所に行ったそうですが、本所の何処に行ったのか知っていますか……」

「は、はい……」

女中頭は、微《かす》かに躊躇った。

「さあ、さあ、知っている事は、何でもお答えしなさい」

旦那は、笑顔で勧めた。

「は、はい。おちかさんなら、何でも本所竪川《たてかわ》は二つ目之橋の袂にある船宿に行くと聞いた覚えがあります」

「二つ目之橋の袂の船宿ですか……」

「はい」

「船宿の屋号は……」

「さあ、そこ迄は。申し訳ありません……」

女中頭は詫びた。

「いや。謝る事はありません。それより、おちかさん、どうして若柳を辞めて本所の船宿に行ったのか、知っていますか……」

「竹吉《たけきち》って板前にしつこく口説かれたからです……」

「竹吉がおちかを口説いていたのか……」

旦那は、戸惑いを浮かべた。

「はい。それで、おちかさん……」

女中頭は、おちかへの同情を窺わせた。

「おちかさん、どうして旦那や女将さんに云わなかったのかな……」

「竹吉、執念深いから、旦那さまや女将さんに叱られた後、何をしでかすか……」

女中頭は、恐ろしそうに身を縮めた。

おくみの母親のおちかは、板前の竹吉にしつこく口説かれ、恐ろしくなって本所竪川二つ目之橋の袂の船宿に奉公先を替えた。

「旦那さま、今、その板前の竹吉は……」

「去年の秋に辞めましたが……」

旦那は眉をひそめた。

「そうですか……」

太市は頷いた。

女中頭は、おちかに関してそれ以上の事を知らなかった。

「おちかさん、小田原の家族の処に帰りたいって、良く云っていましたよ……」

女中頭は、そう云い残して帳場の横の小部屋を出て行った。

「お陰でいろいろ分かりました。御造作をお掛けしました。じゃあ……」

太市は、旦那に礼を述べた。

「あの。秋山さまに何卒《なにとぞ》宜しくお伝え下さい」

「はい。心得ました」

太市は、料理屋『若柳』を出た。

旦那は太市を見送り、安堵の溜息を深々と洩《も》らした。


おくみは、母親のおちかがいる隅田川の向こうの本所を眺めていた。

「おくみちゃん……」

太市は、隅田川の岸辺に座っていたおくみに駆け寄った。

おくみは、待ち兼ねたように立ち上がった。

「分かりましたか……」

「うん。本所は竪川に架かっている二つ目之橋の袂にある船宿だそうだ」

「船宿……」

「うん。行ってみよう……」

「はい」

太市とおくみは、隅田川沿いの道を吾妻橋に向かった。

太市は、おくみに母親おちかの行った先は教えたが、『若柳』をどうして辞めたかは教えなかった。板前にしつこく言い寄られて『若柳』を辞めたと教えれば、おくみは余計な心配をするだけだ。

太市は、隅田川を吹き抜ける冷たい風に解《ほつ》れ髪を揺らしているおくみを連れて吾妻橋を渡った。


冬の不忍池の畔に人影は少なかった。

幸吉と由松は、不忍池の周囲に太市と若い女を捜した。だが、太市と若い女は勿論、神田花房町の地廻りと思える者もいなかった。

幸吉と由松は、池の畔にある茶店の老婆に十手を見せて尋ねた。

「背の高い十八、九歳の若い衆と若い女ですか……」

老婆は、皺だらけの顔を向けた。

「ああ。見掛けなかったかな……」

幸吉は尋ねた。

「茶を飲んで団子を食べて行きましたよ」

老婆は、事も無げに告げた。

「若い男と若い女がかい……」

由松は念を押した。

「ええ……」

幸吉と由松は、太市と若い女の足取りを摑んだ。

「で、その若い男と女、何処に行ったか分かるかな」

「若い女が浅草の花川戸は遠いのかとか、若い衆に訊いていましたよ」

「花川戸……」

「ええ……」

老婆は頷いた。

「兄貴……」

「うん……」

幸吉と由松は、太市が若い女を連れて花川戸に行ったと睨んだ。

「親分さん、あの二人、何か追われるような真似をしたのかい」

老婆は眉をひそめた。

「いいや。そうじゃあないが、何かあったのかい」

「うん。神田の地廻りも若い衆と若い女を捜しに来てね」

「地廻りが……」

由松は眉をひそめた。

「ええ……」

「で、地廻りにも教えたのかい、花川戸に行ったたって……」

幸吉は、厳しさを過ぎらせた。

「冗談じゃあない。只飲み只食いの陸《ろく》でなしなんかに本当の事を云うもんか」

老婆は、いつも地廻りに茶や団子を集《たか》られているらしく、腹立たしげに吐き棄てた。

「嘘を教えたのか……」

「ああ、本所深川に行ったみたいだとね……」

老婆は笑った。

「流石《さすが》だな婆さん、そいつに間違いないぜ」

幸吉と由松は笑った。

本所竪川の流れは緩やかだった。

太市は、竪川に架かっている二つ目之橋の上に佇んで周囲を見廻した。

おくみは、不安げに太市の様子を見守った。

二つ目之橋の北詰には相生町《あいおいちょう》が続き、南詰には松井町と林町が連なっている。

この何処かに、おくみの母親おちかの奉公している船宿がある。

船宿なら船着場の傍にある筈だ……。

太市は、二つ目之橋近くの船着場を探した。

竪川の南岸、林町一丁目の外れに船着場があり、船宿があった。

「あそこかもしれない。行ってみよう」

太市は、おくみを伴って二つ目之橋を南に渡り、竪川沿いの道を林町一丁目の外れにある船宿に急いだ。

派手な半纏を着た男が二人、行く手の路地から不意に出て来た。

太市は、一人の男の着ている虎の絵柄の派手な半纏に見覚えがあり、思わず立ち止まった。

おくみは、怪訝に太市を見上げた。

神田の地廻りの一人……。

太市は、虎の絵柄の派手な半纏を着た男をそう見定めた。

同時に、虎の絵柄の半纏の男も太市とおくみに気が付いた。

「おくみちゃん、神田の地廻りだ……」

太市は、おくみを連れて咄嗟《とっさ》に傍らの路地に逃げ込んだ。

「野郎。待て……」

虎の絵柄の半纏の男たちは、太市とおくみを追った。


浅草広小路の賑わいは続いていた。

幸吉と由松は、花川戸町の自身番を訪れた。

「ああ。秋山さまのお屋敷の太市さん、若柳って料理屋の場所を訊いて行きましたよ」

店番は太市を覚えていた。

「若柳……」

「うん。隅田川に面している料理屋でね。太市さん、そこに行った筈だよ」

「そうですかい……」

「処で、その若柳って料理屋、どんな店なんだい」

「浅草寺見物の御上りさんには、勘定を吹っ掛けるそうだぜ」

店番は苦笑した。

「それはそれは……」

幸吉と由松は、店番に礼を云って自身番を出て料理屋『若柳』に急いだ。

料理屋『若柳』の旦那と女将は、幸吉と由松が訪れたのに狼狽《ろうばい》した。

幸吉と由松は、旦那に太市が来た用件を訊いた。

旦那は、怯《おび》えを窺わせながら太市がおちかと云う女を捜しに来た事を告げた。

「おちか……」

幸吉は眉をひそめた。

「ええ。去年の夏迄、うちで働いていた台所の下働きでして……」

「そのおちかを捜しているのか……」

由松は、戸惑いを滲《にじ》ませた。

「ええ。その直前におくみって娘が、母親のおちかを捜しに来ましてね。秋山さまの処の方は、おくみと一緒におちかを捜しているんだと思います……」

旦那は、太市との遣り取りを説明した。

幸吉と由松は、太市がおくみと云う娘を手伝い、母親のおちかを捜しているのを知った。

「で、おちかは此処を辞めて何処に行ったのか分かるかな……」

「はい。何でも本所二つ目之橋界隈《かいわい》にある船宿だそうです」

「本所だと……」

由松は、僅かに狼狽えた。

本所は、不忍池の茶店の老婆が、神田の地廻りに嘘で教えた処だ。

「兄貴……」

「ああ。嘘から出た真《まこと》って奴だぜ」

幸吉は、緊張を過ぎらせた。

萬徳山弥勒寺《みろくじ》は、竪川の南、深川五間堀《ごけんぼり》の傍にある。

太市とおくみは、弥勒寺の境内に隠れて神田の地廻りたちを遣り過ごそうとした。

「しつこい奴らだぜ」

太市は、怒りと共に微かな悔やみを覚えた。

おくみを助ける時、もっと穏やかに話をつければ良かったのだ。

悔やんでも遅い……。

今は、おくみを一刻も早く母親のおちかに逢わせてやるしかない。

太市は、恐ろしげに身を縮めているおくみを気遣った。

「いいかい。おいら、ちょいと様子を見てくる。此処で待っているんだよ」

太市は、おくみに告げた。

「大丈夫ですか……」

おくみは心配した。

「ああ。大丈夫だ。じゃあな……」

太市は、おくみを境内に残して弥勒寺の山門に向かった。

おくみは身を縮め、太市を不安げに見送った。


太市は、弥勒寺を出て辺りを油断なく窺った。

弥勒寺山門の横手には五間堀が流れ、弥勒寺橋が架かっている。

五間堀は、本所竪川と深川小名木川《おなぎがわ》を南北に結ぶ六間堀《ろっけんぼり》に続いている。

神田の地廻りたちの姿は、辺りの何処にも見えなかった。

今の内におくみを連れて船宿に行く……。

太市は、弥勒寺の境内に戻ろうとした。

「いたぞ……」

五間堀の向こうの堀端に、虎の絵柄の半纏を着た神田の地廻りたちが現われた。

弥勒寺の境内に逃げれば、おくみが見付かってしまう。

太市は、咄嗟に弥勒寺の横手、五間堀沿いの道を走った。

「待て、小僧……」

神田の地廻りたちは、弥勒寺橋を渡って太市を追った。

太市は、五間堀沿いの道から武家屋敷街に逃げ込んだ。

三

本所竪川二つ目之橋を渡り、林町一丁目を進むと『千鳥《ちどり》』と云う船宿があった。

幸吉と由松は、船宿『千鳥』を訪れた。だが、船宿『千鳥』は大戸を降ろして店を閉めていた。

由松は、大戸の潜り戸を叩いた。

幸吉は周囲を見廻し、太市とおくみ、神田の地廻りを捜した。

太市とおくみ、神田の地廻りらしき男の姿は、何処にも見えなかった。

由松は、潜り戸を叩き続けた。

「今日は藪入りで店は休みにございます」

潜り戸の向こうから男の声がした。

「はい。そいつは承知しておりますが、ちょいとお尋ねしたい事がございまして……」

由松は告げた。

「あの、どちらさまにございますか……」

「はい。手前どもはお上の御用を承っている者にございます」

「あっ……」

中年の男が、潜り戸を開けて顔を出した。

「お休みの処、申し訳ありません」

幸吉は、懐の十手を見せた。

「いいえ……」

中年の男は、船宿『千鳥』から出て来て後ろ手に潜り戸を閉めた。

僅かに見えた店の中は薄暗かった。

「それで何か……」

「はい。こちらに若い男と女、訪ねて来ませんでしたか……」

幸吉は尋ねた。

「若い男と女ですか……」

中年の男は眉をひそめた。

「ええ……」

「さあ、誰も来ませんでしたが……」

「来なかった……」

幸吉は戸惑った。

「ええ……」

「他の人が応対したとかは……」

由松は尋ねた。

「今日は旦那さんと女将さんも親類の家に行き、奉公人たちも朝から出掛けていましてね。いるのは留守番の手前だけなんですよ」

中年の男は、申し訳なさそうに告げた。

太市とおくみは、船宿『千鳥』に来てはいなかった。

船宿『千鳥』に来る途中で神田の地廻りに見付かり、追われているのかもしれない。

幸吉と由松は、微かな焦りを感じた。

「あのう……」

中年の男は、用件がそれだけなら終わりにしたいと云う様子を見せた。

「ああ。造作を掛けました。処で千鳥にはおちかさんって奉公人、いますかね」

幸吉は尋ねた。

「おちかさん……」

中年の男は眉をひそめた。

「ええ。台所女中か何かをしていると思いますが……」

「いいえ。おりませんよ、おちかさんって女は……」

中年の男は、微かな緊張を過ぎらせた。

「いない……」

「ええ……」

幸吉は眉をひそめた。

中年の男は頷いた。

「そうですか、おちかさん、いないんですか」

幸吉は、中年の男を見詰めた。

「はい……」

中年の男は、幸吉から僅かに視線を逸らして頷いた。

「兄貴……」

「うん。お休みの処、お手数を掛けて申し訳ありませんでした」

幸吉は礼を述べ、二つ目之橋に戻った。

由松は続いた。

中年の男は、厳しい面持ちで幸吉と由松を見送り、船宿『千鳥』に入って潜り戸を閉めた。

幸吉と由松は、二つ目之橋の袂で立ち止まり、船宿『千鳥』を振り返った。

「兄貴……」

由松は眉をひそめた。

「何か妙だな……」

「野郎、嘘をついていますぜ」

由松は、厳しさを滲ませた。

「由松もそう思うか……」

「ええ……」

「よし。太市とおくみは俺が捜す。由松は千鳥に探りを入れてくれ」

「一人で大丈夫ですか……」

「親分に報せて、雲海坊《うんかいぼう》と勇次《ゆうじ》を助っ人に寄越して貰うぜ」

「分かりました」

「じゃあ、気を付けてな……」

「はい……」

幸吉と由松は二手に別れた。

神田の地廻りを撒《ま》き、早くおくみの隠れている弥勒寺に戻らなければならない。

太市は、武家屋敷街から五間堀に戻り、伊予橋《いよばし》を渡って北森下町《きたもりしたちょう》に入った。

北森下町を西に進めば六間堀であり、北に曲がれば五間堀に架かる弥勒寺橋に出る。

太市は、一刻も早くおくみの許に戻りたかった。だが、虎の絵柄の半纏を着た地廻りたちは、執念深く追って来ていた。

太市は、六間堀に進むしかなかった。
弥勒寺を出て四半刻《しはんとき》（三十分）が過ぎていた。
おくみは、心細い思いをしている筈だ。
太市は焦った。
撒くのは難しく、片付けるしかないのかもしれない。
太市は、巾着《きんちゃく》に入れてある角手《かくて》を出して左手の親指と中指に指輪のように嵌《は》めた。
〝角手〟は指輪型をしており、鍛鉄製で三本や五本の鋭い爪が付いている捕物道具だ。
爪を掌側に向けて指に嵌め、得物《えもの》を持つ相手の腕を握って攻撃するものだ。
太市は、角手の使い方も久蔵に仕込まれていた。
地廻りたちを人気のない処に誘い込んで片付ける……。
太市は覚悟を決め、地廻りたちを誘うように六間堀に進んだ。
幸吉は、林町一丁目の木戸番を訪れ、弥平次への使いを頼んだ。
林町一丁目から柳橋迄は、大川に架かっている両国橋《りょうごくばし》を渡れば直ぐだ。

木戸番は快く使いを引き受け、柳橋の船宿『笹舟』に走った。

幸吉は、六間堀を挟んで南北に連なっている町に太市とおくみを捜した。


船宿『千鳥』に人の出入りはなかった。

由松は、付近にそれとなく聞き込みを掛けた。

船宿『千鳥』は、主《あるじ》夫婦と二人の板前、三人の仲居、そして三人の船頭がいた。板前の一人と一人の仲居、二人の船頭は通いで奉公しており、住込みの奉公人は板前の一人と二人の仲居、一人の船頭の四人だった。

「千鳥はまあまあ繁盛しているよ」

荒物屋の老亭主は、竪川の向こう岸の船宿『千鳥』を眺めた。

「へえ。じゃあ、奉公人に藪入りの小遣いを弾んだんだろうね」

「そいつはどうかな……」

老亭主は、意味ありげに首を捻った。

「おっ、千鳥の旦那、締まり屋なのかい……」

由松は苦笑した。

「ああ。女将さんもな。かなり貯め込んでいるって噂だよ」

「へえ。処で父っつぁん、千鳥におちかさんって奉公人、いないかな」

「おちか……」

「うん……」

「いるとしたら仲居だな」

「だろうな……」

「仲居の名前は知らねえが、二人は若くて一人は年増だぜ」

おくみの母親おちかは、おそらく三十半ばを過ぎている筈だ。

年増の仲居が、おくみの母親のおちかなのかもしれない。

由松は、想いを巡らせた。

「そう云えば、千鳥の旦那、昼前に出掛けて行ったな……」

老亭主は思い出した。

「らしいね……」

由松は、荒物屋の老亭主に礼を云い、次の聞き込みに向かった。

弥勒寺の境内を訪れる者はいなかった。

おくみは、本堂の横手に身を縮めて時を過ごした。

太市は、未だ戻って来なかった。
どうしたのか……。
地廻りに見付かってしまったのか……。
おくみは、様々な想いを巡らせた。しかし、想いは悪い方に進んでしまう。
おくみの不安は募った。
募る不安は、おくみに焦りを感じさせた。
船宿に一人で行ってみる……。
焦りは、不意にそうした想いを駆り立てた。

柳橋の弥平次は、幸吉の報せを受けて雲海坊と勇次を呼び、太市が面倒に巻き込まれた事を告げた。そして、勇次を久蔵の許に走らせ、雲海坊を従えて本所竪川二つ目之橋に向かった。

六間堀に出た太市は、北ノ橋を渡って竪川に向かった。
地廻りたちは追って来る。
太市は、六間堀沿いを竪川に向かって進み、堀端にある寺に不意に駆け込んだ。

地廻りたちは、太市を追って慌てて寺に走った。

寺の境内に太市はいなかった。

二人の地廻りは、境内を抜けて本堂の裏手に向かった。そして、本堂の裏手に廻り込んだ時、太市が植込みの陰から飛び出して拳大の石を包んだ手拭を放った。

地廻りの一人が、石を包んだ手拭を横面に受けて弾き飛ばされた。

「手前……」

虎の絵柄の半纏を着た地廻りは、懐から匕首《あいくち》を抜いて構えた。

太市は、右手に石を包んだ手拭を握って身構えた。

「小僧、よくもやりやがったな。ぶち殺してやる……」

虎の半纏を着た地廻りは、怒りを滲ませた暗い眼で太市を睨み付けた。

太市は緊張した。

虎の半纏を着た地廻りは、猛然と太市に突き掛った。

匕首は鋭く煌《きら》めいた。

太市は、石を包んだ手拭を振り廻して懸命に躱《かわ》した。

虎の半纏を着た地廻りの攻撃は続き、匕首が太市の右腕を掠《かす》めた。

血が飛んだ。

太市は怯んだ。

虎の半纏を着た地廻りは、残忍な笑みを浮かべて太市に迫った。

太市は後退《あとずさ》りした。

「死ね」

虎の半纏を着た地廻りは、匕首を煌めかせて太市に鋭く突き掛った。

太市は必死に躱し、角手を嵌めた左手で虎の半纏を着た地廻りの匕首を握る手を摑んだ。

刹那《せつな》、虎の半纏を着た地廻りは匕首を落とし、激痛に顔を歪めて仰《の》け反《ぞ》った。

角手の三本爪が、虎の半纏を着た地廻りの右手に深々と食い込んでいた。

虎の半纏を着た地廻りは、手を引いて角手から必死に逃れようとした。だが、それは角手の爪の傷を大きくするばかりだった。

太市は、石を包んだ手拭で虎の半纏を着た地廻りを殴り付けた。

虎の半纏を着た地廻りは、悲鳴をあげて崩れ落ち、気を失った。

太市は、肩で息を付きながら虎の半纏を着た地廻りの右手から角手の爪を抜いた。

血塗《ちまみ》れの右手が地面に落ちた。

太市は、手拭に包んだ石を棄て、本堂の横手から素早く立ち去った。


「船宿千鳥……」

おくみは、林町一丁目にある船宿の看板を読んだ。だが、船宿『千鳥』は休みだった。

おくみは、裏の勝手口への路地に入った。

聞き込みから戻った由松は、船宿『千鳥』の路地に入って行く女の後ろ姿を僅かに見た。

藪入りで出掛けた仲居が帰って来た……。

由松はそう思った。


船宿『千鳥』の裏手に人影はなかった。

おくみは、勝手口の板戸を静かに叩いて声を掛けた。

「御免下さい。何方かいらっしゃいませんか、御免下さい……」

次の瞬間、勝手口の板戸が開き、中年の男がおくみを引き摺り込んだ。

おくみは、短い悲鳴をあげて台所の土間に倒れ込んだ。

中年の男は、勝手口の板戸を閉めて横猿《よこさる》を掛け、おくみに薄笑いを投げ掛けた。

おくみは、訳の分からない恐怖に衝き上げられた。

「何か用かい……」

「は、はい。此処におちかと云う人がいると聞いて来たんです」

おくみは、声を震わせた。

「おちか……」

中年の男は眉をひそめた。

岡っ引たちの捜していた女だ。

「そのおちかと、お前はどんな拘わりなんだ」

「おっ母さんです。おちかは私のおっ母さんなんです。私、小田原から逢いに来たんです」

おくみは、懸命に告げた。

「そう云う事か……」

中年の男は、嘲《あざけ》りを浮かべた。

「はい。おっ母さんは此処にいるんでしょうか……」

おくみは、縋《すが》る眼差しで必死に尋ねた。

「そいつは、自分で確かめな……」

中年の男は、嘲笑を浮かべておくみの手を取り、引き摺るように台所の隣の部屋に連れて行った。

隣の部屋には、年増の仲居と初老の船頭が猿轡《さるぐつわ》を嚙まされ、縛り上げられていた。

おくみは、年増の仲居を見て呆然とした。

「おっ母さん……」

年増の仲居はおくみを見て驚き、激しくもがいた。

おくみの母親のおちかだった。

「おっ母さん……」

おくみは、おちかに縋り付いた。

「おくみ……」

おちかは、くぐもり声でおくみの名を呼んだ。

「おっ母さん……」

おくみは、おちかに縋り付いて泣き出した。

弥勒寺の境内におくみはいなかった。

太市は、慌てて境内や本堂の裏手におくみを捜した。だが、おくみは、弥勒寺の何処にもいなかった。

他にも地廻りがいて、おくみを連れ去ったのかもしれない。

それとも、待ち草臥《くたび》れて林町一丁目の船宿に行ったのか……。

太市は、不安に駆られて弥勒寺の山門を走り出た。

「太市……」

幸吉が、背後から太市を呼んだ。

「幸吉さん……」

太市は立ち止まり、慌てて振り返った。

「捜したぜ」

太市は戸惑った。

「えっ……」

太市の戸惑いは募った。

幸吉は、太市を捜して来た経緯《いきさつ》を話した。

「そうでしたか……」

太市は、己に満ち溢れていた緊張が消えていくのを感じた。

「で、おくみって娘と地廻りはどうした」

「それが、地廻りは片付けたのですが、おくみちゃんは消えちまったんです」

「どう云う事だ……」

幸吉は眉をひそめた。

「はい……」

太市は、地廻りを片付けて弥勒寺に戻って来たらおくみがいなくなっていた事を告げた。

「よし。船宿の千鳥に行ってみよう」

「はい」

太市は、幸吉と船宿『千鳥』に向かった。

荷船は櫓《ろ》の軋《きし》みを響かせ、竪川を下って行った。

由松は、二つ目之橋の袂に佇んで船宿『千鳥』を見張った。

「由松……」

弥平次が、雲海坊を伴ってやって来た。

「こりゃあ親分、雲海坊の兄貴……」

由松は、弥平次と雲海坊に駆け寄った。

「太市はどうした」

「そいつが、幸吉の兄貴が捜しているんですが、未だ……」

「そうか。で、千鳥って船宿は何処だ……」

「あそこです」

由松は、大戸を閉めている船宿『千鳥』を示した。

「何か変わった事は……」

雲海坊は尋ねた。

「今の処、藪入りで出掛けた奉公人が帰って来たぐらいで、別にこれと云って……」

「ないか……」

「ですが、留守番の男は嘘をついています」

由松は、厳しさを滲ませた。

「千鳥、どんな船宿なんだい」

弥平次は尋ねた。

「そこそこ繁盛していて、旦那と女将さんはかなり貯め込んでいるって噂です」

「かなり貯め込んでいるか……」

弥平次は眉をひそめた。

「親分……」

幸吉と太市がやって来た。

「おう。太市……」

弥平次は、顔を僅かに綻《ほころ》ばせた。

「親分、皆さん、御心配をお掛けしました」

太市は詫びた。

「無事で何よりだ。地廻りはどうした」

「六間堀の寺で片付けたそうですぜ」

幸吉は笑った。

「そうか。で、おくみって娘は……」

「そいつが、一人で千鳥に行ったんじゃあないかと……」

「じゃあ、さっき千鳥の裏に入っていった女、おくみだったのかもな……」

由松は眉をひそめた。

「由松さん、その女、どうしました」

太市は身を乗り出した。

「千鳥に入ったままだぜ」

「入ったまま……」

太市に不安が湧き上がった。

「よし。とにかく千鳥に探りを入れるんだ」

弥平次は命じた。

四

船宿『千鳥』の居間では、女将のおときが二人の浪人の酒の相手をしていた。

中年の男は、おくみを連れて来た。

「紋次《もんじ》、なんだその小娘は……」

髭面の浪人が眉をひそめた。

「おくみって名前でしてね。此処のおちかって仲居の娘ですぜ」

紋次と呼ばれた中年の男は、薄笑いを浮かべた。

「じゃあ、小田原から来たのかい……」

女将のおときは、戸惑ったようにおくみを見詰めた。

「はい……」

おくみは、恐怖に震えながら頷いた。

「どうします、沢井《さわい》の旦那……」

紋次は、酒を飲んでいる着流しの浪人に指示を仰いだ。

「沢井さま、主が戻れば、あるだけのお金を差し上げます。ですからどうか、みんなの命だけはお助け下さい。お願いにございます」

女将のおときは、着流しの浪人の沢井に哀願した。

「紋次、縛り上げて母親と一緒に閉じ込めて置け」

沢井は、おくみを一瞥《いちべつ》して紋次に命じた。

「へい」

紋次は、おくみを連れて出て行った。

「紋次、磨けば光る上玉だ。後で俺が磨いて女衒《ぜげん》に高値で売り飛ばすぞ」

髭面の浪人は笑った。

「静かにしろ、岡田《おかだ》……」

沢井は、髭面の浪人の岡田を窘《たしな》めた。

岡田は、ばつが悪そうに酒をすすった。

店の外から経が聞こえた。

「なんだぁ、托鉢坊主《たくはつぼうず》か……」

岡田は、髭面を歪めた。

托鉢坊主の経は続いた。

「煩せえな……」

岡田は苛立《いらだ》った。

経は執拗に続いた。

雲海坊は、船宿『千鳥』の前に佇んで経を読み続けた。

弥平次と太市は物陰に入り、潜り戸から中年の男が顔を出すのを待った。

幸吉と由松は、裏の勝手口への路地に入って行った。

雲海坊は、経を読み続けた。

突然、浪人の岡田が潜り戸を開けて現われ、雲海坊を突き飛ばした。

雲海坊は悲鳴をあげ、薄汚れた衣を翻して倒れた。

「いつ迄も煩せえんだ。糞坊主。さっさと立ち去れ」

岡田は怒鳴った。

「は、はい。お許しを……」

雲海坊は、船宿『千鳥』の前から慌てて離れた。

「二度と来るな」

岡田は店に戻り、潜り戸を乱暴に閉めた。

雲海坊は、弥平次と太市に近寄った。

「御苦労だったな」

弥平次は労《ねぎら》った。

「いいえ。浪人でしたね」

雲海坊は眉をひそめた。

「うむ。幸吉や由松の相手をした中年の男は町方の者だったな」

「ええ。酒臭い髭面浪人、とてもお店の留守番とは思えませんぜ」

雲海坊は苦笑した。

太市は、弥平次と雲海坊の遣り取りを黙って見守った。

「ああ。町方の中年の男に髭面浪人、他にも誰かいるかだな……」

「ええ。いずれにしろ、幸吉の兄貴と由松の睨み通り、妙ですね」

「うむ。何が起こっているのか……」

弥平次は眉をひそめた。


船宿『千鳥』の裏に人気はなかった。

幸吉と由松は、勝手口に忍び寄って板戸を開けようとした。だが、板戸には横猿が掛けられているらしく、開かなかった。

「どうします……」

由松は、悔しさを滲ませた。

「何としてでも、千鳥の中を覗《のぞ》いてやるぜ」

幸吉は、裏の奥に進んだ。

由松は続いた。

奥には狭い庭があり、雨戸の閉められた客室が続いている。

幸吉と由松は、客室の雨戸に忍び寄って中の様子を窺った。

客室に人の気配は窺えなかった。

幸吉と由松は、閉められた雨戸に猿の掛けられていないものがないか探した。

二つ目の客室の雨戸に、猿は掛けられていなかった。

「兄貴……」

「うん……」

幸吉と由松は、猿の掛かっていない雨戸を僅かに開けた。

暗い客室が見えた。

由松は、人一人が入れる程度に雨戸を開けて忍び込んだ。

幸吉は続いた。


幸吉と由松は、暗い客室に忍び込んで身を潜めた。

暗い客室は冷え冷えとしており、廊下を来る者の気配はなかった。

幸吉と由松は、暗い客室から廊下に出て居間や店に忍び寄った。

居間から微かに話し声が聞こえた。

幸吉と由松は、慎重に居間を窺った。

申《さる》の刻七つ（午後四時）を告げる鐘の音が鳴り響いた。

萬徳山弥勒寺の鐘の音だった。

「女将、申の刻だ。遅いじゃあねえか、旦那の清兵衛《せいべえ》……」

男の苛立つ声が聞こえた。

「は、はい。申し訳ございません……」

女将の怯えた声がした。

「静かにしろ、岡田……」

苛立った声とは別の男の声がした。

「だがな沢井、旦那の清兵衛が集金して来るなんて本当かどうか分かりゃあしねえ。さっさとあるだけの金を戴き、皆殺しにして引き上げりゃあ良かったんだ」

「沢井の旦那、そろそろ藪入りで出掛けた奉公人が帰って来ますぜ」

中年の男の心配げな声がした。

「こいつは、押し込みですぜ……」

由松は驚いた。

幸吉は緊張した面持ちで頷き、由松に客室に戻るように促した。

「押し込みだと……」

弥平次は眉をひそめた。

「はい。沢井に岡田、それに中年の男。今の処、押し込みはその三人のようです」

幸吉は報せた。

「沢井と岡田は、おそらく侍ですぜ」

由松は、三人の遣り取りからそう睨んだ。

「ああ。それも浪人だぜ」

雲海坊は、自分を追い返したのは髭面の浪人だと教えた。

「それで人質は、千鳥の女将だけか……」

弥平次は、心配げに船宿『千鳥』を眺めた。

「いえ。皆殺しと云っている処をみると、他に何人かいる筈です」

幸吉は睨んだ。

「あの、おくみちゃんは……」

太市の顔は、不安に満ち溢れていた。

「うむ。おそらく、おくみも人質にされているんだろう」

弥平次は読んだ。

「おくみちゃん……」

太市は、不安を募らせていた。

「奴らは、千鳥の旦那の清兵衛さんが集金してくる金を狙って居座っていますが、どうしますか……」

幸吉は、弥平次の指示を仰いだ。

「うむ。先ずは女将たち人質を無事に助け出す。幸吉、由松、千鳥に戻り、人質の人数と閉じ込められている場所を突き止めろ」

弥平次は命じた。

「承知……」

幸吉と由松は頷いた。

「親分、俺も行かせて下さい」

太市は頼んだ。

「どうする、幸吉……」

「相手は三人か、それ以上。太市が一緒に来てくれればこっちも三人……」

幸吉は、太市の願いを叶えてやりたかった。

「よし。だがな太市、お前は秋山家の奉公人。呉々《くれぐれ》も早まった真似はするんじゃあないぞ」

弥平次は、厳しく言い聞かせた。

「はい」

太市は頷いた。

「行くぜ」

幸吉は、由松や太市と船宿『千鳥』の裏に向かった。

「雲海坊、旦那と藪入りで出掛けた奉公人がそろそろ戻って来る筈だ。千鳥に戻しちゃあならねえぜ」

「はい」

弥平次と雲海坊は、船宿『千鳥』の前の竪川沿いの道に眼を光らせた。

竪川の流れは、夕陽に染まり始めた。

幸吉、由松、太市は、船宿『千鳥』の客室に忍び込んだ。

人質は何処に何人いるのか……。

幸吉、由松、太市は、居間や台所などの様子を窺った。

沢井、岡田、中年の男の三人は、女将と一緒に居間にいる。

幸吉と由松は見定めた。

人質は台所か……。

幸吉、由松、太市は、何とか突き止めようとした。


竪川は夕陽に染まった。

弥平次と雲海坊は、船宿『千鳥』に帰って来る奉公人を見張っていた。

秋山久蔵が夕陽を背に受け、勇次を従えて二つ目之橋を渡って来た。

「親分、秋山さまがお見えです」

雲海坊は気付き、弥平次に告げた。

「うん……」

弥平次は、久蔵に駆け寄った。

「やあ、柳橋の。太市が面倒を掛けちまったようだな」

久蔵は、厳しさを滲ませていた。

「いいえ。太市は無事に見付けましたよ」

「そいつはありがてえ……」

「処が探している内に、そこの千鳥って船宿に浪人共が押し込んでいるのが分かりましてね……」

「押し込み……」

久蔵は眉をひそめた。


夕暮れ時になり、船宿『千鳥』の中は一段と暗くなった。

幸吉、由松、太市は、台所の傍の部屋に人質が閉じ込められているのを突き止めた。

「後は人質が何人かだが……」

幸吉は、暗くなった辺りを見廻し、焦りを滲ませた。

「ええ。夜になると面倒ですね」

由松は眉をひそめた。

「ああ……」

「あの、俺が騒ぎを起こしますから、その間に……」

太市は意気込んだ。

「太市、親分に云われた筈だ。早まった真似はするんじゃあねえって……」

幸吉は、厳しく釘を刺した。

「すみません……」

太市は項垂《うなだ》れた。

外から雲海坊の経が聞こえてきた。

「幸吉の兄貴……」

由松は戸惑った。

「うん。雲海坊だ……」

「でも、托鉢ならもう……」

由松は首を捻った。

「親分たちが動くのかもしれねえ」

幸吉は緊張した。


「糞坊主、又、来やがったか……」

岡田は、苛立たしさに髭面を歪めて店に出て行った。

「今日は多いですね。托鉢坊主……」

紋次は苦笑した。

「紋次、そろそろ引き上げ時だな」
　沢井は、厳しさを過ぎらせた。

　雲海坊は、船宿『千鳥』の前で経を読んだ。
　潜り戸が開けられた。
「坊主、手前も懲りねえ奴だな……」
　岡田は、嘲笑を浮かべて潜り戸を潜って出て来た。
　刹那、潜り戸の脇にいた久蔵が、岡田の髷《まげ》を鷲摑《わしづか》みにして引き摺り出した。
　岡田は、思わぬ攻撃に驚き、前のめりになって蹈鞴《たたら》を踏んだ。
　雲海坊が、岡田の背を錫杖《しゃくじょう》で打ち据えた。
　岡田は、地面に激しく叩き付けられた。
　雲海坊は、容赦なく打ち据えた。
　岡田は、苦しく呻いて気を失った。
　勇次が馬乗りになり、気を失った岡田に縄を打った。
　久蔵は、船宿『千鳥』に踏み込んだ。
　弥平次が続いた。

久蔵は、船宿『千鳥』の店土間から帳場に上がった。

紋次が気付き、驚きの声を短く上げた。

「兄貴……」

由松は、店先で何かが起こったのに気付いた。

「よし、行くぜ」

幸吉は頷き、十手を握り締めて台所の傍の部屋に走った。

由松と太市が続いた。

船宿『千鳥』は揺れ、家鳴《やな》りがした。

幸吉は、台所の傍の部屋の板戸を開けた。

暗い部屋の中に三人の人影が見えた。

「おくみちゃん、いるか……」

太市は叫んだ。

猿轡を嚙まされたおくみが、くぐもった声で返事をした。

太市は、おくみを見定めて猿轡を外した。

「太市さん……」

おくみは、吐息混じりに太市の名を呼んだ。

「大丈夫か……」

「はい」

おくみは頷いた。

「人質は三人だけか……」

幸吉は尋ねた。

「後、女将さんが……」

おちかは、心配げに居間を見詰めた。

「兄貴……」

「うん。太市、みんなを連れて逃げろ……」

幸吉は、太市にそう言い付けて由松と居間に向かった。

中年の男の紋次が、居間から血相を変えて逃げ出して来た。

幸吉と由松は立ちはだかった。

「退《ど》け……」

紋次は顔を醜く引き攣らせ、匕首を振り廻して勝手口に逃げようとした。

「煩せえ、神妙にしやがれ」

幸吉と由松は、紋次に襲い掛かった。

紋次は、必死に匕首を振り廻した。

由松は、二尺程の長さの鎖の両端に分銅の付いた萬力鎖《まんりきぐさり》を紋次に放った。

萬力鎖は、紋次の匕首を叩き落とした。

紋次は怯んだ。

幸吉は、怯んだ紋次を十手で殴り飛ばした。

紋次は飛ばされ、壁に激突した。

壁が崩れ、天井から埃が舞った。

幸吉と由松は、倒れた紋次を容赦なく殴り、蹴り飛ばして押さえ付けた。


薄暗い居間には緊張感が張り詰めていた。

久蔵は、浪人の沢井と長火鉢を間にして対峙していた。

弥平次は、女将のおときを後ろ手に庇《かば》って久蔵と沢井を見守った。

「沢井ってのはお前かい……」

久蔵は微笑み掛けた。

「ああ。沢井陣四郎《じんしろう》だが、お前は……」

沢井は、久蔵を鋭く見据えた。

「俺は南町奉行所の秋山久蔵って者だ」

「お前が秋山久蔵か……」

沢井は、久蔵の名を知っていたらしく苦笑した。

「金が目当ての押し込みか……」

「ああ。食詰め浪人、金を奪ってさっさと引き上げれば良かったのだが、旦那が得意先に掛取りに行っていると聞き、欲の皮を突っ張らせたのが命取りになったようだ。哀れなものだ」

沢井は、己を嘲笑《あざわら》った。

「哀れなのはお前じゃあねえ。人質にされた千鳥の女将や奉公人だぜ」

久蔵は、厳しく云い放った。

「どうやら、これ迄のようだな……」

沢井は、刀を抜き払った。

刹那、久蔵は長火鉢の上の鉄瓶を蹴った。

鉄瓶の湯が熾《お》きた炭に零れ、灰神楽《はいかぐら》が音を立てて舞い上がった。
沢井は怯み、思わず後退りした。
久蔵は、舞い上がった灰神楽の中に跳んだ。
沢井は、慌てて刀を構えた。
灰神楽から現われた久蔵は、片膝をついて下段からの一刀を鋭く放った。
沢井は、胸元を斬り上げられながらも久蔵に斬り掛かった。
久蔵は、沢井の刀を鋭く払った。
沢井は、力なく刀を落とした。
「お、おのれ……」
沢井は、斬られた胸元を血に染めて久蔵に笑い掛けた。
「沢井陣四郎、生まれついての運が悪かったようだな」
久蔵は告げた。
「そう思ってくれるか……」
沢井は、久蔵に笑い掛けながら倒れた。
久蔵は、倒れた沢井の生死を確かめた。
沢井陣四郎は絶命していた。

久蔵は、沢井の死体に手を合わせた。

久蔵は、駆け付けて来た定町廻《じょうまちまわ》り同心の神崎和馬《かんざきかずま》に始末を任せた。

船宿『千鳥』の女将のおときとおちかたち奉公人は、怪我もなく無事に助けられた。

浪人の岡田と紋次は、幸吉たちに大番屋に引き立てられた。

掛取りから帰って来た旦那の清兵衛は、留守の間の出来事に呆然とした。そして、藪入りで出掛けていた奉公人たちは、事の次第を聞いて震え上がった。

助けられたおくみとおちかは、改めて二年振りの再会を泣いて喜んだ。

良かった……。

太市は、喜ぶおくみとおちかを残して船宿『千鳥』を出た。

「太市……」

船宿『千鳥』の表に弥平次がいた。

「親分、いろいろ御迷惑をお掛けしました」

太市は、弥平次に深々と頭を下げた。

「なあに、お陰で押し込みの一件を片付けられた。さあ、秋山さまが待っているぞ」

弥平次は、竪川に架かる二つ目之橋を示した。

久蔵が、二つ目之橋の袂に佇んでいた。

「旦那さま……」

「さあ、早く行きな」

「はい。じゃあ、幸吉の兄貴たちに宜しくお伝え下さい」

太市は、弥平次に頭を下げて久蔵の許に走った。

弥平次は、笑みを浮かべて見送った。

「旦那さま……」

太市は、久蔵に駆け寄った。

「おう。おくみはもう良いのか……」

「はい。おっ母さんに逢えましたから……」

「おくみとおっ母さん、どうするんだ」

「さあ……」

太市は首を捻った。

「知らないのか……」

「はい。別に訊きませんでしたから……」

「そうか……」

久蔵は、太市の無邪気さに苦笑した。

「旦那さま。御心配をお掛けして、申し訳ありませんでした」

「なあに、どうって事はねえ。さあ、帰るぜ」

「はい……」

久蔵は、二つ目之橋を渡って両国橋に向かった。

太市は続いた。

「それにしても大変な藪入りだったな……」

久蔵は笑った。

「はい。長い一日でした……」

太市は、真面目な顔をして頷いた。

月明かりは大川に蒼白く映え、流れに大きく揺れていた。

太市の藪入りは終わった。

第二話

助太刀《すけだち》

一

如月《きさらぎ》——二月。

二月の最初の午《うま》の日が〝初午〟である。

〝初午〟は、京の伏見《ふしみ》稲荷《いなり》大社の神が降りた日とされ、各所の稲荷社の祭りである。

江戸では王子《おうじ》稲荷が最も名高く、幟旗《のぼりばた》や絵馬を奉納する人々で賑わう。そして、稲荷社が至る所にある市中では、絵馬売りや太鼓売りが行商し、子供たちが賑やかに囃《はや》し立てた。

暮六つ（午後六時）が過ぎた。

秋山久蔵は、南町奉行所の表門を出た。

暮六つは既に夜であり、月が蒼白い輝きを放っていた。

久蔵は、外濠に架かる数寄屋橋《すきやばし》御門を渡り、通い慣れた夜道を八丁堀の屋敷に向かった。

日本橋《にほんばし》の通りには、提灯《ちょうちん》の明かりが行き交っていた。

久蔵は、日本橋の通りを進んで京橋《きょうばし》を渡り、竹河岸《たけがし》に曲がった。そして、楓川《もみじがわ》に架かる弾正橋《だんじょうばし》に向かった。弾正橋を渡ると八丁堀沿いの本八丁堀の通りになる。

久蔵は、本八丁堀の通りを進んだ。

夜道の行く手に小さな煌めきが瞬《また》き、人影が激しく交錯した。

斬り合い……。

久蔵は、行く手の闇を透かし見た。

斬り合いは、八丁堀に架かっている中ノ橋の袂で一人対三人で行なわれている。

久蔵は、本八丁堀の通りの端を走り、斬り合いに急いだ。


中年浪人は、袈裟《けさ》懸《が》けの一刀を浴びて中ノ橋の欄干に倒れ込んだ。

三人の羽織袴《はかま》の武士は、刀を鈍く光らせて中年浪人を取り囲んだ。

中年浪人は、息を荒く乱したまま必死に刀を構えた。

斬られた胸元に血が滲み、広がった。

「これ迄だな……」

羽織袴の武士の一人が残忍な笑みを浮かべ、中年浪人に止めを刺そうとした。

中年浪人は、衝き上がる恐怖に震えた。

羽織袴の武士の一人は、構えた刀を斬り下ろした。

刹那、石が闇を切り裂いて飛来し、刀を斬り下ろした羽織袴の武士の横面に当り、血を飛ばした。

斬り下ろされた刀は横にずれ、中年浪人の腕を浅く斬り裂いた。

「何をしている」

久蔵は、厳しい一喝を投げ掛けながら駆け寄った。

「退《ひ》け、退け……」

羽織袴の武士たちは、八丁堀に架かる中ノ橋を渡り、南八丁堀に逃げ去った。

久蔵は、倒れている中年浪人に駆け寄った。

「おい……」

中年浪人は、血に塗れて苦しげに呻いた。

死相が浮かんでいる……。

久蔵は眉をひそめた。

「しっかりしろ。おぬしの名と住まいは……」

「み、宮本新兵衛《みやもとしんべえ》。小舟町《こぶなちょう》の堀端《ほりばた》長屋……」

中年浪人の宮本新兵衛は、苦しい息の下で嗄れた声を震わせた。

「で、おぬしを斬った奴らは……」

「さ、佐奈《さな》、新太郎《しんたろう》……」

宮本新兵衛は、苦しげにそう云い残して息絶えた。

久蔵は、宮本新兵衛の死を見届けた。

「宮本新兵衛……」

久蔵は、息絶えた宮本新兵衛に手を合わせた。


久蔵は、駆け付けた自身番の者たちと木戸番に宮本新兵衛の遺体を八丁堀岡崎町にある玉圓寺《ぎょくえんじ》に運ばせた。そして、定町廻り同心の神崎和馬と柳橋の弥平次の許に使いを走らせ、組屋敷に戻った。

半刻（一時間）が過ぎた頃、中ノ橋の現場に寄った和馬と、弥平次が幸吉を従えてやって来た。

久蔵は、座敷を温めて迎えた。

「夜分遅く、すまねえな」

「いいえ……」

和馬は、緊張を過ぎらせた。

「聞いたと思うが、奉行所からの帰りに斬り合いに出会《でくわ》してな。駆け付けたのだが、浪人が一人殺された。斬ったのは羽織袴の三人の武士……」

「三人掛かりですか……」

和馬は眉をひそめた。

「ああ。斬られた浪人、名は宮本新兵衛、住まいは小舟町の堀端長屋だ」

久蔵は告げた。

「はい……」

弥平次は頷いた。

「で、俺が駆け付けた時、宮本新兵衛を斬った三人の羽織袴の武士は、中ノ橋を渡って南八丁堀、築地鉄砲洲《つきじてっぽうず》に逃げ去った。

「築地鉄砲洲ですか……」

和馬は、厳しさを過ぎらせた。

「ああ……」

久蔵は頷いた。

「築地鉄砲洲は、大名家の屋敷や旗本屋敷の多い処です。ひょっとしたら……」

「ああ。大名家の家中の者か旗本の家来と見て間違いないだろう」

久蔵は読んだ。

「ならば、この一件、我ら町奉行所は支配違いでは……」

和馬は、久蔵の出方を窺った。

三人の羽織袴の武士が、大名家の家中の者なら大目付、旗本の家来なら目付の支配だ。

「なあに、殺された宮本新兵衛は浪人。町奉行所の支配だ。遠慮はいらねえ……」

久蔵は、笑みを浮かべて云い放った。

「心得ました。親分、幸吉、聞いての通りだ」

「承知しました」

弥平次と幸吉は頷いた。

「よし。仕事の話はこれ迄だ……」

久蔵は手を叩いた。

香織が、太市と共に酒と肴《さかな》を持って来た。

「お寒い中、お役目、御苦労さまにございます。どうぞ、御温まり下さい」

香織は挨拶をし、湯気を漂わせる酒を和馬と弥平次や幸吉に勧めた。


西堀留川《にしほりどめがわ》は鈍色に輝いていた。

久蔵は、西堀留川沿いにある堀端長屋を訪れた。

「これは秋山さま……」

船頭の勇次が迎えた。

「おう。御苦労だな。柳橋は来ているのかい」

「はい。先程、仏さんと一緒に……」

「そうか……」

殺された宮本新兵衛の家は堀端長屋の奥にあり、遺体は既に弥平次たちによって運ばれていた。

久蔵は、宮本の家を訪れて新兵衛の遺体に手を合わせた。

宮本新兵衛には、佐奈と云う名の妻と十歳になる倅《せがれ》の新太郎がいた。

久蔵は、宮本新兵衛の最期の言葉が妻と一人息子の名前だと気付いた。

「御新造さま、こちらは南町奉行所の秋山久蔵さまと仰《おっしゃ》って、宮本さまの最期を見届けられた御方です」

　弥平次は、佐奈に久蔵を引き合わせた。

「左様にございますか。宮本がお世話になりました」

　佐奈は、久蔵に深々と頭を下げた。

「いや。私がもう少し早く駆け付ければ良かったのだが……」

「いいえ。して秋山さま、宮本が最期に云い残した事は……」

「自分の名と住まい。それと、御妻女と御子息の名を……」

「私と新太郎の名を……」

「うむ……」

　久蔵は頷いた。

「左様にございますか……」

　佐奈は、溢れる涙を拭った。

「秋山さま……」

　倅の新太郎が、悔しさを滲ませた眼で久蔵を見詰めていた。

「うむ……」

「父を斬ったのは、どのような者共ですか」

「羽織袴姿の三人の武士だ」

「羽織袴姿の三人……」

「そうだ……」

「では、父は三人を相手に闘ったのですね」

「左様……」

「父一人に三人とは卑怯《ひきよう》な……」

新太郎は、少年らしい怒りを過ぎらせて涙を零した。

「処で御新造。宮本どの、日頃は何をされていたのかな」

久蔵は尋ねた。

「はい。日頃は代筆や看板を書いたり、お店に頼まれ、奉公されている方々に帳付けなどを教えておりました」

「旗本と拘わるような事はしていなかったかな……」

「さあ……」

佐奈は首を捻った。

「御存知ないか……」

「はい。取立てて聞いてはおりませんが……」

「では、昨日は何処に行かれたのかな……」

「昨日は、知り合いの方に用があると出掛けたのですが……」

「知り合いとは何処の誰かな……」

「存じません……」

佐奈は、俯《うつむ》いて涙を拭った。

「そうか……」

久蔵は眉をひそめた。

「御免……」

若い浪人が、沈痛な面持ちで弔問に訪れた。

久蔵は、潮時を知った。


築地には西本願寺《にしほんがんじ》があり、その周りを旗本屋敷が囲んでいた。そして、その一帯の周囲には掘割が入り組み、多くの大名屋敷が甍《いらか》を連ねていた。

三人の羽織袴の武士は、そうした大名旗本家の家中の者かもしれない。そして、その一人は、久蔵の投げた石で顔に怪我をしているのだ。

和馬は、幸吉、雲海坊、由松と共に築地一帯に妙な噂のある大名旗本家と顔に怪我をしている武士を捜した。

宮本家には弔問客が訪れていた。

久蔵は、弥平次と長屋の木戸から見守った。

勇次が、聞き込みから戻って来た。

「宮本新兵衛の評判、どうだ……」

久蔵は、勇次に尋ねた。

「はい。穏やかで親切な方だったそうでして、夫婦仲も良く、子供も可愛がっていたと……」

勇次は告げた。

「そうか……」

「別に妙な事はなさそうですが……」

弥平次は眉をひそめた。

「気になる事があるか……」

久蔵は、弥平次の腹の内を読んだ。

「はい……」

弥平次は頷いた。

「代筆や帳付けを教えるだけで、親子三人暮らしていけるかか……」

久蔵は睨んだ。

「はい。ひょっとしたら御新造の知らない仕事をしていたのかも……」

「うむ。浪人仲間や界隈の口入屋を当り、宮本新兵衛の人柄や仕事、詳しく洗ってみる必要があるな……」

久蔵は、厳しさを滲ませた。


大名旗本屋敷の中間《ちゅうげん》や小者、出入りを許されている商人たち……。

和馬、幸吉、雲海坊、由松たちの築地での聞き込みは続いた。だが、妙な噂のある大名旗本家や顔に怪我をしている武士は杳《よう》として浮ばなかった。

和馬と幸吉たちは、粘り強く聞き込みを続けるしかなかった。

弥平次と勇次は、宮本新兵衛の人柄や仕事を詳しく調べ始めた。

久蔵は、南町奉行所に戻る事にし、小舟町の堀端長屋を出た。

誰かが見ている……。

久蔵は、何者かの見詰める視線を感じた。
見詰める視線は、西堀留川沿いから荒布橋《あらめばし》を渡っても途切れる事はなかった。
尾行《つけ》て来る……。
久蔵は、日本橋川沿いの魚河岸を抜けて日本橋を渡り、外濠に向かった。
外濠の水面には、魚が跳ねたのか波紋が幾重にも広がっていた。
久蔵は、外濠沿いの道を数寄屋橋御門に向かった。
見詰める視線は付いて来た。
久蔵は立ち止まり、背後を振り返った。
尾行て来たと思われる者の姿は、背後に見えなかった。
久蔵は苦笑した。
「用があるなら出てきな」
久蔵は呼び掛けた。
浪人が、町家の陰から現われた。
宮本の家を訪れた若い浪人だった。
「やはり、お前さんか……」

久蔵は、小さな笑みを浮かべた。

「私は片倉又四郎《かたくらまたしろう》……」

若い浪人は名乗った。

「その片倉又四郎が、何故に俺を尾行る」

「宮本新兵衛さんを斬った者は、何処かの家中の者だそうだが、間違いありませんね」

片倉は尋ねた。

「お前さん、宮本さんを斬った奴らに心当りがあるんだな……」

久蔵は睨んだ。

片倉は、思わず言葉に詰まった。

久蔵は、己の睨みが正しいのを知った。

「何処の家中の者共だい」

「秋山さんは町奉行所の方、武家は支配違い。知った処で手出しは出来ぬ筈
……」

「そう思うのかい……」

「ええ……」

片倉は頷いた。

「ならばこれ迄だ……」

久蔵は苦笑した。

「秋山さん……」

片倉は戸惑った。

「片倉さん、宮本新兵衛さんとはどう云う拘わりだい」

「し、仕事仲間です」

片倉は、言葉を濁した。

「何の仕事だ」

久蔵は、片倉を厳しく見据えた。

「それは申せぬ……」

片倉は、微かに狼狽えた。

宮本新兵衛は、片倉又四郎と共にしている仕事に絡んで斬殺された。

久蔵は読んだ。

「そうか。じゃあな……」

久蔵は踵を返し、南町奉行所に向かった。

片倉は、身を翻して横手の道を日本橋の通りに入った。

久蔵は、片倉が動いたのを見定め、隣の横手の道を日本橋の通りに走った。

日本橋の通りは、行き交う人で賑わっていた。

久蔵は、外濠から続く横手の道から現われ、京橋に向かった。

片倉又四郎は、宮本新兵衛を斬った武士が大名旗本家の家中の者だと確かめ、心当りのある築地の屋敷に行くかもしれない。

久蔵はそう読み、日本橋の通りを京橋に向かった。

片倉の後ろ姿が、行き交う人の陰に見えた。

やはり築地に行く……。

久蔵は、片倉又四郎を追った。


和馬と幸吉たちの聞き込みは、次第に範囲を広げて木挽町《こびきちょう》の近くにも及んだ。

「顔に怪我をしている奴かい……」

築地采女《うねめ》ヶ原《はら》馬場の向かい側にある大名家中屋敷の中間は、雲海坊と由松の聞き込みに眉をひそめた。

「ああ。怪我は昨夜したんだが、知らないかな……」

雲海坊は尋ねた。

「そう云やあ、隣の旗本屋敷の中間の熊吉《くまきち》が昨夜、医者を呼びに行かされたと云っていたが、拘わりあるのかな」

中間は首を捻った。

「兄貴……」

由松は、緊張を過ぎらせた。

「うん。その隣の旗本屋敷ってのは……」

「堀田将監《ほったしょうげん》さまのお屋敷だよ」

「旗本の堀田将監さま……」

「どうだい。その堀田家の中間の熊吉、ちょいと呼び出しちゃあくれねえかな」

由松は、中間に小粒を握らせた。

「こいつはすまねえな。お安い御用だ。中でちょいと待っていてくれ」

中間は、雲海坊と由松を門番所の腰掛けに待たせ、隣の旗本屋敷に走った。

弥平次と勇次は、小舟町と近くの伊勢町《いせちょう》や瀬戸物町《せとものちょう》に宮本新兵衛が出入りしていた口入屋を探した。

「ああ。宮本の旦那なら手前共がお世話をしていましたが……」

瀬戸物町の口入屋『丸屋《まるや》』の主の定五郎《さだごろう》は、戸惑いを浮かべた。

「そうか、宮本さん、出入りしていたかい」

弥平次は微笑んだ。

「親分さん、宮本の旦那が何か……」

定五郎は、警戒の色を滲ませた。

「実はね、宮本さん、昨夜、何者かに斬られてね……」

弥平次は眉をひそめた。

「ええっ……」

定五郎は驚いた。

驚きに嘘はない……。

弥平次は見定めた。

「親分さん、一体誰が宮本の旦那を……」

定五郎の驚きは、微かな恐怖に変わった。

「そいつが知りたくてね……」

弥平次は苦笑した。

「はあ……」

定五郎は落ち着いた。

「で、宮本さんには、近頃はどんな仕事を周旋したんだい」

「近頃は室町《むろまち》の呉服屋和泉屋《いずみや》さんの品書や目録を書く仕事をしておりましたが……」

「呉服屋の品書や目録を書く仕事ねえ」

「はい。宮本さまは定家《ていか》流の見事な腕前でして、掛け軸なども……」

「へえ、そいつは凄いな……」

弥平次は感心した。そして、定五郎に礼を述べ、勇次を連れて室町の呉服屋『和泉屋』に向かった。

京橋を渡った片倉又四郎は、新両替町《しんりようがえちよう》を進んで尾張町《おわりちよう》の手前を東に曲がった。

久蔵は尾行た。

このまま進めば三十間堀に架かる新《あたら》シ橋《ばし》に出る。そして、渡ると木挽町になり、尚も進めば築地だ。

読み通りだ……。

久蔵は、慎重に追った。

二

旗本三千石堀田将監の屋敷の中間の熊吉は、名前に似合わない痩せた小柄な中年男だった。

由松は、熊吉に素早く小粒を握らせた。

熊吉は、嬉しげに笑った。

嬉しげな笑いは、何でも聞いてくれと云う合図と云える。

「昨夜、医者を呼びに行ったそうだね」

雲海坊は尋ねた。

「ええ。松本《まつもと》さまが顔に怪我して、血塗れになって帰って来てね」

「松本……」

「松本健之助《けんのすけ》、侍の癖して痛てえ、痛てえと、そりゃあ大騒ぎだ」

熊吉は、どうやら松本健之助が嫌いなようだった。

「その松本、どうして顔に怪我をしたんだい」

由松は眉をひそめた。

「仔細は知らねえが、一緒に出掛けていた小林《こばやし》が医者に話していた処によれば、拳ぐらいの大きさの石を投げ付けられて怪我をしたそうですぜ」

熊吉は嘲笑した。

「兄貴、秋山さまに石をぶつけられた奴に違いありませんぜ」

由松は、漸く辿《たど》り着いたのを喜び、声を弾ませた。

「うん。処で熊吉っつぁん、松本が一緒に出掛けていたのは、小林の他にもう一人いる筈なんだがな……」

「ああ。そいつは近藤清十郎《こんどうせいじゅうろう》だよ」

「じゃあ、松本健之助は昨夜、近藤清十郎と小林……」

「小林源之丞《げんのじょう》ですぜ」

「その小林源之丞の三人で出掛け、帰って来たんだね」

雲海坊は念を押した。

「仰る通りで……」

熊吉は笑った。

昨夜、浪人の宮本新兵衛を斬り殺したのは、旗本の堀田家家中の松本健之助、小林源之丞、近藤清十郎の三人なのだ。

雲海坊と由松は睨んだ。

「で、熊吉っつぁん、松本たちは何処に何しに行ったのか、分かるかい」

「さあ。そこ迄は……」

熊吉は首を捻った。

「じゃあ、宮本新兵衛って浪人、知っているかな」

「宮本新兵衛……」

熊吉は眉をひそめた。

「ああ……」

「知らねえな……」

「どうだい、他の中間に聞いてみちゃあくれねえかな」

由松は、笑顔で頼んだ。

「いいとも、聞いてみるよ」

熊吉は、由松に貰った小粒を握り締めて頷いた。

「処で熊吉っつぁん、近頃、堀田屋敷に何か変わった事はなかったかな……」

「変わった事……」

「ああ……」

「別にないけど……」

熊吉は、戸惑いを浮かべた。

今は此迄だ……。

雲海坊は見極め、由松に目配せをした。

由松は頷いた。

「そうかい。じゃあ、宮本新兵衛って浪人の事、頼んだぜ」

由松は、熊吉に念を押した。

「ああ。聞いてみるよ」

熊吉は頷き、足早に隣の堀田屋敷に帰って行った。

雲海坊と由松は、大名家江戸中屋敷の中間に礼を云って外に出た。

堀田屋敷は表門を閉じ、静けさに包まれていた。

雲海坊と由松は、采女ヶ原馬場の傍に佇んで堀田屋敷を眺めた。

「見張りますか……」

「ああ。由松は和馬の旦那と幸吉っつぁんに報せてくれ」

「はい。じゃあ……」

由松は駆け去った。

雲海坊は見送り、堀田屋敷を窺った。

木挽町から若い浪人がやって来た。

雲海坊は物陰に隠れた。

若い浪人は、堀田屋敷の門前に佇んだ。

雲海坊は、若い浪人を怪訝に見守った。

「何様の屋敷だい……」

久蔵が、雲海坊の背後に現われた。

「秋山さま……」

雲海坊は戸惑った。

「旗本だな」

久蔵は、堀田屋敷を示した。

「はい。旗本の堀田将監さまの屋敷です」

雲海坊は、久蔵が若い浪人を尾行て来たのに気付いた。

「旗本の堀田将監……」

久蔵は、堀田屋敷を眺めた。

「御存知ですか……」

「名前だけはな……」

「そうですか。それであの若い浪人は……」

雲海坊は、堀田屋敷を窺っている若い浪人を示した。

「片倉又四郎、殺された宮本新兵衛の知り合いだよ」

「宮本さんの……」

「ああ。で、宮本を斬った奴ら、堀田家の家中の者だったのか……」

久蔵は、雲海坊が堀田屋敷に来ていた理由を読んだ。

「はい、松本健之助って家来が、昨夜顔に怪我をして医者を呼んだそうです」

「松本健之助か……」

久蔵は、石を顔面に受けて狼狽えた男を思い出して苦笑した。

雲海坊は、堀田屋敷の中間の熊吉に聞いた事を久蔵に報せた。

「良く突き止めた。御苦労だったな」

久蔵は、雲海坊を労った。

「秋山さま、片倉又四郎、何をする気ですかね……」

雲海坊は、片倉を見詰めた。

「そいつは分からねえが、宮本殺しに拘わりがあるのに間違いはねえ」

久蔵は眉をひそめた。

片倉は、意を決したように潜り戸を叩いた。

潜り戸が開き、中間の熊吉が顔を出した。

「熊吉です……」

雲海坊は久蔵に囁《ささや》いた。

久蔵は頷き、片倉を見守った。

片倉は、熊吉に何事かを話し始めた。

熊吉は、戸惑った面持ちで頷きながら片倉の話を聞いていた。やがて、片倉は用件を伝え終え、堀田屋敷の門前を離れた。

熊吉は見送り、潜り戸の中に戻った。

「追いますか……」

雲海坊は眉をひそめた。

「うむ……」

久蔵は迷った。

片倉が堀田屋敷に何しに来たかは、中間の熊吉に訊けば分かる。しかし、片倉の動きから眼を離す訳にもいかない。

「秋山さま……」

雲海坊は、和馬と幸吉が由松と共にやって来るのを示した。

「由松も熊吉を知っています」

雲海坊は、熊吉に訊くのは由松でも良い事を告げた。

「よし。雲海坊、片倉を追ってくれ」

久蔵は命じた。

「承知しました」

雲海坊は、饅頭笠《まんじゆうがさ》を目深《まぶか》に被り直して片倉を追った。

「秋山さま……」

和馬と幸吉が、由松に誘われてやって来た。

「おう……」

久蔵は、和馬たちを迎えた。

片倉又四郎は、日本橋の通りに出て京橋に向かった。

雲海坊は、慎重に片倉を追った。

京橋を渡った片倉は、日本橋の通りを尚も北に向かった。その先には日本橋があり、室町から神田の町並みに続いている。

何処に行く気なのか……。

雲海坊は、片倉を追い続けた。


久蔵は、和馬、幸吉、由松に片倉又四郎の事を教え、雲海坊が追ったのを告げた。そして、中間の熊吉に片倉又四郎が何の用で来たのか聞き出せと、由松に命じた。

「はい……」

由松は頷き、堀田屋敷に駆け寄った。

久蔵、和馬、幸吉は、采女ヶ原馬場の物陰から見守った。

由松は、潜り戸を叩いた。

潜り戸が開き、熊吉が顔を出した。そして、由松を屋敷内に入れた。

僅かな時が過ぎた。

由松が潜り戸から現われ、久蔵たちの許に駆け寄って来た。

「分かったか……」

「はい。熊吉に金を握らせて聞き出しました」

由松は苦笑した。

「で、片倉は何をしに来たんだい……」

「そいつなんですがね。片倉又四郎さん、田沢重蔵《たざわじゅうぞう》って用人に、暮六つに不忍池の畔の茶店に五十両を持参しろと、もし持って来なければ、何もかも御公儀に訴え出ると、言付けしたそうですよ」

由松は、眉をひそめて告げた。

「片倉、脅しを掛けたか……」

久蔵は、厳しさを滲ませた。

「何もかもってのは、宮本殺しの他に御公儀を憚《はばか》る秘密があるって事ですか……」

和馬は読んだ。

「和馬、寧《むし》ろ御公儀に憚る秘密があるから宮本を殺したと見た方が良いだろう」

久蔵は睨んだ。

「そうか……」

「いずれにしろ、暮六つに不忍池の畔だ……」

久蔵は、小さな笑みを浮かべた。

「それにしても、堀田家の連中、片倉さんの云う通りに金を持って行きますかね」

幸吉は眉をひそめた。

「いや。おそらく宮本新兵衛同様に始末しようとするだろうな」

久蔵は苦笑した。

「そこ迄して護ろうとする堀田家の秘密ってのは、何なんですかね」

和馬は眉をひそめた。

「うむ。和馬、引き続き幸吉や由松と堀田屋敷を見張り、家中の様子を探れ。俺は奉行所に戻り、堀田将監がどんな野郎か調べてみる」

久蔵は、厳しさを過ぎらせた。

日本橋を渡ると室町一丁目になる。

片倉又四郎は、日本橋の通りを室町二丁目に進んで呉服屋『和泉屋』の暖簾を潜った。

雲海坊は見届けた。

片倉は、呉服屋『和泉屋』に何の用があって来たのか……。

雲海坊は、それを突き止める手立てに想いを巡らせた。

「雲海坊の兄貴……」

勇次が、背後に現われた。

「おう。勇次じゃあないか……」

雲海坊は戸惑った。

「親分が……」

勇次は、呉服屋『和泉屋』の斜向《はすむ》かいにある開店前の小料理屋を示した。

西本願寺の鐘が未《ひつじ》の刻八つ（午後二時）を告げた。

由松は、隣の大名家江戸中屋敷の中間に金を握らせ、門番所から堀田屋敷を窺った。

和馬と幸吉は、采女ヶ原馬場から堀田屋敷を見張った。

僅かな刻が過ぎ、堀田屋敷から二人の羽織袴の武士が出て来た。

「小林源之丞と近藤清十郎だぜ……」

中間は、由松に告げた。

小林源之丞と近藤清十郎は、顔に怪我をした松本健之助と共に宮本新兵衛を襲った者たちだ。

「彼奴《あいつ》らか……」

由松は見定めた。

小林と近藤は、木挽町に向かった。

由松は、采女ヶ原馬場にいる和馬と幸吉の許に走った。

「今出掛けた奴らが、小林源之丞と近藤清十郎ですぜ」

由松は報せた。

「よし。和馬の旦那、あっしが追いますぜ」

幸吉は告げた。

「うん。気を付けてな……」

和馬は頷いた。

幸吉は、小林と近藤を追った。

南町奉行所に戻った久蔵は、旗本の堀田将監について調べた。

堀田将監は、三千石取りの旗本で二年前迄は小普請組《こぶしんぐみ》支配の役目に就いていたが、今は無役の寄合だった。

〝寄合〟とは、禄高三千石以上の非職の者を称し、三千石以下の無役の者を〝小普請組〟と云った。

小普請組支配は、小普請組の旗本・御家人を管理・監督し、お役目に推挙した。

そうした役目柄、小普請組支配には小普請組の者からの付届けが多かった。

堀田将監は、そうした付届けに細かく注文を付け、貰い過ぎた。

老中は、堀田将監をお役御免にした。

堀田将監は、お役目を利用してやり過ぎたのだ。

久蔵は苦笑した。

細かく注文を付けた付届けとは、どのような物なのか……。

久蔵は気になった。

そうした事が、宮本新兵衛斬殺に拘わりがあるのか……。

しかし、宮本新兵衛は旗本・御家人ではなく只の素浪人であり、小普請組支配とは何の拘わりもない。

久蔵は、堀田将監が浪人の宮本新兵衛を殺す謂《いわ》れを探し続けた。

室町の呉服屋『和泉屋』は、客が途絶える事はなかった。

片倉又四郎は、呉服屋『和泉屋』に入ったままだった。

雲海坊は、呉服屋『和泉屋』の斜向かいにある開店前の小料理屋に弥平次、勇次と一緒にいた。

弥平次は、呉服屋『和泉屋』に来た理由と、聞き込んだ事を雲海坊に教えた。

「へえ。殺された宮本さん、和泉屋の仕事をしていたのですか……」

「うん。宮本さん、定家流って書の使い手だったそうでな。着物や反物の目録や品書を書いていたそうだ」

「へえ、定家流ですか……」

雲海坊は感心した。

「知っているのか……」

「寺にいた頃、ちょいと耳にした事がありましてね。大昔の歌人で藤原定家《ふじわら》って人の書風で、茶人や好き者の間じゃあ、短冊は驚くような高値で売り買いされるそうですよ」

「俺たちには拘わりのない話だな……」

弥平次は呆れた。

「ええ……」

雲海坊は苦笑した。

「処で、お前が追って来た若い浪人だが……」

弥平次は、若い浪人の顔に見覚えがあった。

「片倉又四郎って宮本さんの知り合いでしてね、秋山さまが追って来たんです」

「そう云えば、宮本さんの家に来ていたな」

弥平次は思い出した。

「そして、秋山さまが尾行て来るのを見破り、逆に追ったそうですぜ」

「で、築地の堀田将監って旗本の屋敷に行き、和泉屋に来たのか……」

「ええ。親分、和泉屋の旦那ってのはどんな人ですか……」

「庄五郎《しょうごろう》って名でな。かなりの商売上手だな」

「商売上手ですか……」

「うん。例えば御武家の奥方や御姫さまの好みに合わせて、反物や着物に宮本さんの定家流で織りや柄の謂れを書いた目録を添えたりするそうだぜ……」

「へえ。そいつは手が込んでいますね」

雲海坊は感心した。

「勇次、和泉屋はどうだい……」

「はい、今の処、これと云って変わった様子は見えませんね」

障子を僅かに開けた窓辺にいた勇次が、弥平次と雲海坊を振り返った。


神田川に冷たい風が吹き抜けた。

幸吉は、神田川に架かる昌平橋を渡って行く小林源之丞と近藤清十郎を追った。

小林と近藤は、木挽町から日本橋を抜けて神田八ッ小路に進み、昌平橋を渡って明神下の通りに向かった。

片倉又四郎が、不忍池に呼び出した刻限は暮六つだ。

不忍池に行くには早過ぎる……。

幸吉は、小林と近藤を尾行た。

小林と近藤は、湯島一丁目の通りに曲がって神田明神門前町に入った。

何処に行く……。

幸吉は尾行した。

神田明神門前町に軒を連ねる飲屋は、開店の仕度に忙しかった。

小林と近藤は、門前町の盛り場を進んで路地奥にある古い仕舞屋《しもたや》に入って行った。

幸吉は見届けた。

どう云う家なのか……。

幸吉は、聞き込みを始めた。


旗本の監察を役目とする目付の榊原采女正《さかきばらうねめのしょう》は、堀田将監が細かく注文をつけた付届けの品物が何か知っていた。

「その品物とは……」

久蔵は尋ねた。

「うむ。堀田将監さま、かなりの好き者、好事家《こうずか》でな。お役目に就きたいと推挙を願う小普請組の者に名のある茶器や書画を要求していたそうだ」

榊原采女正は、不快気に吐き棄てた。

「しかし、そのような逸品は滅多になく、金も驚く程に掛かる筈……」

「秋山……」

榊原は遮った。

「はい……」

「一昨年の秋、北町奉行所の月番の時、御家人が大店に押し込んだ一件があった」

「御家人が押し込み……」

久蔵は眉をひそめた。

「左様。御家人は無役の小普請組でな。大店に押し込んで奪わんとした物は、堀田さまの欲しがっている古い掛け軸だった」

「成る程。それが御老中に露見して小普請組支配をお役御免ですか……」

「うむ。秋山、堀田将監さま、又何か企んでいるのか……」

「はい。だが、そうはさせません……」

久蔵は不敵に笑った。

三

暮六つ時が近付いた。

堀田屋敷から出て来る者はいなかった。

「暮六つ迄に不忍池に行くなら、そろそろ出掛けなくてはなりませんぜ」

由松は眉をひそめた。

「うん。不忍池にはさっき出掛けた小林と近藤が行くのかもしれないな」

和馬は読んだ。

「ええ。どうします……」

「よし。俺たちも不忍池に行こう」

「はい……」

和馬と由松は、不忍池に急いだ。


日本橋の通りには、仕事仕舞いをした職人や行商人が行き交い始めた。

弥平次、雲海坊、勇次は、暖簾を出した小料理屋の脇の路地から見張り続けた。

片倉又四郎が、初老の旦那と一緒に呉服屋『和泉屋』から出て来た。

「和泉屋の旦那の庄五郎だ……」

弥平次は示した。

「はい……」

雲海坊は頷いた。

片倉は、庄五郎と言葉を交わして辺りを窺い、日本橋の通りを神田八ッ小路に向かった。

旦那の庄五郎は、険しい面持ちで片倉を見送った。

弥平次、雲海坊、勇次が、小料理屋の脇の路地を出て片倉又四郎を追った。


幸吉は、路地奥の古い仕舞屋を見張った。

古い仕舞屋は、高利貸しが借金の形《かた》に押えた家であり、取立て屋を勤める浪人や遊び人たちが暮らしていた。

堀田家の家来の小林源之丞と近藤清十郎は、古い仕舞屋に入ったままだった。

暮六つ、小林と近藤は不忍池に行く。

幸吉は睨み、小林と近藤の出て来るのを待った。

僅かな時が過ぎた時、古い仕舞屋から小林と近藤が三人の浪人と一緒に出て来た。

幸吉は、物陰に潜んだ。

小林と近藤、そして三人の浪人は明神下の通りに向かった。

浪人たちに片倉又四郎を襲わせる気だ……。

幸吉は睨んだ。


夕暮れ時の不忍池には風が吹き抜け、小波《さざなみ》が走っていた。

畔の茶店は、既に大戸を降ろして店仕舞いをしていた。

片倉又四郎は、店仕舞いした茶店の前に佇んだ。

弥平次、雲海坊、勇次は、雑木林に潜んで片倉又四郎を見守った。


小林と近藤、三人の浪人は、不忍池の畔を茶店に進んだ。

幸吉は、充分に距離を取って追った。

「幸吉の兄貴……」

由松と和馬が、横手の雑木林に現われた。

幸吉は、由松と和馬の許に駆け寄った。

「あの浪人共は……」

和馬は、胡散臭《うさんくさ》そうに小林たちと一緒に行く三人の浪人を見詰めた。

「どうやら、片倉又四郎を始末する為に雇ったようですぜ」

幸吉は告げた。

「そんな処だろうな……」

和馬は苦笑した。

「で、堀田家の用人は……」

幸吉は眉をひそめた。

「来る気はなさそうですよ」

由松は嘲笑った。

「下手な真似をしやがるぜ……」

和馬は吐き棄てた。


閉店した茶店の表に、片倉又四郎が佇んでいるのが見えた。

小林と近藤は立ち止まった。

三人の浪人は、茶店の前に佇んでいる片倉又四郎を見詰めた。

「奴か……」

中年の浪人が、片倉を示した。

「ああ。河野《こうの》どの。上手く始末すれば一人五両だ」

「よし、十五両を用意して待っていろ……」

河野は冷笑を浮かべた。

「行くぞ……」

河野は残る二人の浪人を促し、茶店の前にいる片倉に向かって進んだ。

小林と近藤は、佇んだまま様子を窺った。


「卑怯な奴らだ……」

和馬は、腹立たしげに吐き棄てた。

「どうします」

「幸吉、お前は小林と近藤を見張ってくれ」

「承知……」

幸吉は頷いた。

「行くぞ、由松……」

和馬は、由松を促して雑木林の中を茶店に進んだ。

幸吉は、小林と近藤を見張った。

片倉又四郎は、堀田家用人の田沢重蔵の来るのを待った。

東叡山寛永寺《とうえいざんかんえいじ》の鐘が暮六つを告げた。

河野たち三人の浪人は、茶店の前に佇んでいる片倉に近付いた。

弥平次、雲海坊、勇次は、雑木林の中から見守った。

「親分……」

和馬と由松が、雑木林をやって来た。

「和馬の旦那……」

弥平次、雲海坊、勇次は迎えた。

「奴ら、片倉を狙っているぜ」

和馬は、河野たち三人の浪人を示した。

「奴らが……」

勇次が眉をひそめた。

「ああ。金で雇われてな……」

由松は告げた。

河野たち三人の浪人は、茶店の前に佇む片倉の前を通った。

次の瞬間、河野は振り返り態《ざま》の一刀を片倉に放った。

片倉は咄嗟に跳び退き、体勢を崩しながらも河野の一刀を辛《かろ》うじて躱した。
二人の浪人が、体勢を崩した片倉に斬り掛かった。
片倉は、身を投げ出して必死に躱した。だが、左腕が浅く斬られて血が滲んだ。
二人の浪人は、片倉に体勢を立て直す間を与えず斬り付けた。
片倉は必死に躱し、横薙《よこな》ぎの一刀を放《はな》った。
二人の浪人は、素早く跳び退いた。
片倉は、漸く体勢を整えて刀を構えた。
「おのれ。堀田家の者共に……」
「黙れ……」
河野は、遮るように鋭く斬り付けた。
片倉は、怒りを露わにして猛然と応じた。
刃が激しく嚙み合い、火花が飛び散った。
片倉と河野は、激しく斬り結んだ。
河野は押された。
片倉は、容赦なく押した。
二人の浪人は、片倉に後ろから斬り付けた。

片倉は背を袈裟懸けに斬られ、血を飛ばして仰け反った。

「これ迄だ……」

河野は、片倉に迫った。

「お、おのれ、卑怯な……」

片倉は、茶店の大戸を背にして必死に刀を構えた。

「所詮、金で引き受けた殺し。卑怯も糞もあるか……」

河野は、残忍な笑みを浮かべた。

浪人の一人が、片倉に斬り掛かった。

刹那、片倉の傍の茶店の潜り戸が開き、刀の鞘《さや》が鋭く突き出された。

片倉に斬り掛かった浪人は、刀の鐺《こじり》に脾腹《ひばら》を突かれて弾き飛ばされた。

片倉は戸惑い、河野たち浪人は狼狽えた。

着流しの久蔵が、刀を腰に差しながら茶店の潜り戸から現われた。

「あ、秋山さん……」

片倉は驚いた。

久蔵は、暮六つ前に不忍池に来て茶店で待っていたのだ。

「秋山……」

河野は眉をひそめた。

「ああ。俺は南町奉行所の秋山久蔵だ」

久蔵は、河野たち浪人に笑い掛けた。

「秋山久蔵……」

河野たち浪人は、久蔵の名を知っているらしく怯んだ。

「さあて、大番屋に来て貰おうか……」

久蔵は身構えた。

河野たち浪人は、後退りをして逃げようとした。しかし、和馬、弥平次、雲海坊、由松、勇次が、既に取り囲んでいた。

河野たち浪人は、激しく狼狽えた。

「手向かえば容赦はしねえぜ」

久蔵は、河野たち浪人に迫った。

河野たち浪人は、囲みを破ろうと和馬たちに斬り掛かった。

「馬鹿野郎……」

和馬は、猛然と河野に立ち向かった。

弥平次、雲海坊、由松、勇次は、それぞれの得物を手にして二人の浪人に襲い掛かった。

「大丈夫か……」

久蔵は、斬られて蹲《うずくま》っている片倉の背中の傷を見た。

「は、はい……」

片倉は、苦しげに顔を歪めた。

「心配するな。浅手だぜ」

「はい……」

「直ぐに片付ける。ちょいと待ってくれ」

久蔵は、片倉を残して和馬と闘っている河野に向かった。

「おのれ……」

河野は、追い詰められた獣のように久蔵に斬り付けた。

久蔵は、抜き打ちの一刀を閃《ひらめ》かせた。

河野の刀を持つ腕が斬られ、血が滴《したた》り落ちた。

和馬は、河野に襲い掛かり、十手で容赦なく叩き伏せた。

河野は、頭を抱えて蹲った。

雲海坊は、逃れようと刀を振り廻す浪人の向こう臑《ずね》を錫杖で打ち払った。

乾いた音が鳴り、浪人は前のめりに崩れた。
勇次は、崩れた浪人を萬力鎖の分銅で厳しく打ち据えた。
浪人は、悲鳴を上げて気絶した。
勇次は、気絶した浪人に捕り縄を打った。
由松は、弥平次と闘っていた残る浪人に鈎縄《かぎなわ》を放った。
鈎縄は、浪人の首に絡みついた。
浪人は、首に巻き付いた鈎縄を慌てて外そうとした。
由松は、素早く鈎縄を引いた。
浪人は仰け反り、刀を振り翳《かざ》して由松に向かった。
刹那、弥平次が浪人の足を払った。
浪人は倒れた。
由松は、鈎縄を容赦なく引いた。
浪人は引き摺られ、醜く顔を歪めて刀を振り廻した。
雲海坊は、刀を振り廻す浪人の身体を錫杖で滅多打ちにした。
浪人は、刀を落としてぐったりとした。
由松は、浪人を縛り上げた。

闘いに容赦と遠慮は命取り……。

弥平次は、闘う時は一人の敵に数人で掛かり、徹底的に打ちのめせと配下の者たちに命じていた。

それだけが、怪我もせず命も落とさずに済む唯一の手立てなのだ。

「秋山さま……」

和馬は、乱れた息を整えた。

「和馬、堀田家の家来はどうした」

「小林と近藤が浪人共を雇ったのですが……」

和馬は、不忍池の畔の一方を見た。

「高みの見物か……」

久蔵は、嘲りを浮かべた。

「はい。幸吉が張り付いていますが、押えますか……」

「いや。とっくに逃げただろう。ゆっくり始末してやるさ」

「はい……」

和馬は頷いた。

「よし。和馬、こいつらを大番屋に引き立てろ。俺は柳橋と片倉を医者に連れて行く」

「心得ました」

和馬は、雲海坊、由松、勇次と共に河野たち三人の浪人を引き立てた。

「じゃあ柳橋の……」

「はい……」

久蔵は、弥平次と共に片倉又四郎を助け起こした。

「済みません。造作を掛けます……」

片倉は詫びた。

小林源之丞と近藤清十郎は、河野たち浪人が捕らえられるのを見て慌てて不忍池の畔を離れた。

幸吉は追った。

小林と近藤は、明神下の通りから昌平橋を渡り、足早に日本橋に向かった。

築地の堀田屋敷に帰る……。

幸吉は見定めた。

冬の船宿は船遊びの客も少なく、夜は静かだった。

久蔵と弥平次は、片倉又四郎を船宿『笹舟』に伴って医者を呼んだ。

片倉の背中の傷は、久蔵の見立て通り浅手であり、医者は手早く手当てをして帰った。

「いろいろ済みません……」

片倉は、久蔵と弥平次に礼を述べた。

「片倉、お前さんを襲った浪人共、誰に頼まれての仕業か分かっているな」

久蔵は、片倉を見据えた。

「はい……」

片倉は頷いた。

「旗本の堀田将監は、どうして宮本新兵衛を殺したんだい」

久蔵は、単刀直入に訊いた。

「それは……」

片倉は躊躇い、言葉を濁した。

「片倉さん、宮本さんは室町の呉服屋和泉屋で品書や目録を書いていたそうだが、そいつに拘わりがあるんですかね」

弥平次は尋ねた。

「えっ。いや、それは……」

片倉は、微かに狼狽えた。

狼狽えたのは拘わりがある証だ。

弥平次は睨んだ。

「ほう。宮本新兵衛、そんな仕事をしていたのかい」

久蔵は尋ねた。

「ええ。宮本さんは定家流って書が堪能だったそうでしてね」

「藤原定家か……」

「御存知ですか……」

久蔵は、〝定家流〟がどのようなものか知っていた。

「名前だけだぜ……」

弥平次は、意外な面持ちで久蔵を見詰めた。

久蔵は苦笑した。

「はあ……」

「成る程、そう云う事か……」

久蔵は嘲りを浮かべた。

「何か……」

弥平次は戸惑った。

片倉は、微かな緊張を過ぎらせた。

「旗本の堀田将監は、書画骨董を集める好事家だ。当然、藤原定家の書や短冊の値打ちも知っているし、欲しがってもいた……」

久蔵は、片倉を見据えた。

片倉は、緊張に喉を鳴らした。

「堀田将監が宮本新兵衛を殺した謂れ、どうやら定家流にありそうだな」

久蔵は睨んだ。

片倉は項垂れた。

「話して貰おうか……」

久蔵は促した。

「宮本さんは、堀田将監に頼まれて藤原定家の書や短冊の……」

片倉は、苦しげに言い淀んだ。

「写しを作ったのかい……」

〝写し〟とは原品になぞらえて造った品であり、書家や絵師たちは修業の手本にしたりしていた。

「はい。宮本さんは、堀田が目利きをする時の手掛かりに使うと聞いて……」

「作ったが、違ったか……」

久蔵は眉をひそめた。

「はい。堀田はそれを定家の真筆として好事家に高値で売り捌《さば》いたのです。宮本さんは呉服屋和泉屋の旦那からそれを聞いて驚き……」

「堀田将監に苦情を云いに行き、その帰りに斬られた……」

「はい。黙っていれば贋物《にせもの》作りの罪人になってしまいます。宮本さんは、御新造や新太郎の為にもそうなるのを恐れて。そして、堀田の家来たちに斬られたのです。だが、確かな証拠は何もなかった。ですから……」

片倉は、悔しげに告げた。

「お前さんは堀田家に脅しを掛け、尻尾を出させようとしたのか……」

「はい……」

久蔵は読んだ。

「処で片倉さん、殺された宮本新兵衛さんとは、どんな拘わりなんですかい

「……」

弥平次は尋ねた。

「宮本さんは義理の兄です」

「じゃあ、宮本さんの御新造さんは……」

「私の姉です」

「そうでしたか……」

弥平次は頷いた。

片倉又四郎は、宮本佐奈の弟であり、宮本新兵衛の義弟だった。

「お父っつぁん、煎じ薬を持って来ました」

お糸が襖越しに声を掛けて来た。

「お糸か。入りな……」

「失礼します」

お糸が、煎じ薬と茶を持って入って来た。

「お医者さまが置いていった化膿止めの煎じ薬です」

お糸は、片倉に煎じ薬を差し出した。

「御造作を掛けます」

片倉は礼を述べた。

「いいえ。秋山さま、どうぞ……」

お糸は、久蔵と弥平次に茶を差し出した。

「おう……」

「じゃあ、お父っつぁん……」

「うん……」

お糸は出て行った。

片倉は、煎じ薬を飲んだ。

「で、堀田将監に尻尾を出させてどうするつもりだったんだい」

久蔵は、茶を飲みながら片倉に尋ねた。

「訴状を書いて目安箱に入れようかと……」

「片倉。訴状を目安箱に入れた処で取り上げられるかどうか、分かりゃあしねえ。此処は俺に任せちゃあくれねえか……」

「ですが、秋山さんは南町奉行所の与力。旗本の堀田は支配違い……」

「その通りだ。だから、お縄にする訳じゃあねえ」

久蔵は云い放った。

片倉は戸惑った。

「どうだい、俺に任せてくれるかい……」

久蔵は、不敵な笑みを浮かべた。

大川から櫓の軋みが甲高く響いた。

四

その夜、小林源之丞と近藤清十郎は、幸吉の睨み通りに築地の堀田屋敷に戻った。

幸吉は見届けた。

和馬たちは、大番屋に入れた河野たち浪人を厳しく詮議した。

河野たち浪人は、小林と近藤に金で雇われて片倉又四郎を殺そうとしたのを白状した。

八丁堀中ノ橋の袂で宮本新兵衛を襲い、斬殺したのは堀田家家中の松本健之助、小林源之丞、近藤清十郎の三人だ。しかし、それは主の旗本堀田将監に命じられての事なのだ。

宮本新兵衛殺しの真犯人は、旗本の堀田将監と云って良い。叩き潰さなければならない相手は、堀田将監なのだ。

久蔵は、和馬たちに堀田屋敷の見張りを続けさせた。

堀田屋敷は表門を閉じ、小林、近藤、松本たちは身を潜めた。

由松は、中間の熊吉から屋敷内の様子を聞き出していた。

主の堀田将監は、事の始末を用人の田沢重蔵に任せ、何事もなかったかのような毎日を送っていた。

小舟町堀端長屋はおかみさんたちの洗濯の時も終わり、静けさに覆われていた。

久蔵は、傷の癒えた片倉又四郎を伴って宮本の家を訪れた。

佐奈と新太郎は、微かな緊張を滲ませて久蔵と片倉を迎えた。

久蔵は、宮本新兵衛の位牌に手を合わせ、佐奈と新太郎に向かい合った。

片倉は脇に控えた。

「秋山さま、宮本を殺《あや》めた者、何者か分かりましたでしょうか……」

佐奈は、久蔵を見詰めた。

「うむ……」

久蔵は頷いた。

「何者ですか……」

新太郎は身を乗り出した。

「新太郎……」

佐奈は窘めた。

新太郎は、不服げに項垂れた。

「斬った羽織袴の三人の武士は、旗本家の家来だった」

「旗本の家来……」

佐奈は、戸惑いを浮べた。

「うむ。そして、三人にそう命じたのは、主の旗本堀田将監……」

「堀田将監……」

「左様……」

久蔵は、宮本新兵衛が堀田将監にどうして殺されたかを話した。

佐奈は涙ぐみ、新太郎は悔しげに唇を噛み締めた。

「我らの探索では、宮本新兵衛どのに非はなく、すべては堀田将監が己の悪行を隠そうとしての企み……」

「秋山さま、それで堀田将監はお縄に……」

新太郎は、怒りを浮かべていた。

「旗本は町奉行所の支配違い……」

「では、お縄に出来ないのですか……」

新太郎は、怒りを露わにした。

「旗本の裁きや仕置は、評定所がするのが公儀の定め……」

久蔵は静かに告げた。

「ですが、旗本と浪人。評定所のお裁きは既に決まっているかと……」

佐奈は、哀しげに項垂れた。

「母上……」

新太郎は、怒りに震え、悔し涙を零した。

「腹が立つか……」

「はい。父の無念を思うと……」

新太郎は泣いた。

「ならば新太郎。父の無念を晴らす為に、公儀の定め、破るしかあるまい」

久蔵は云い放った。

「破る……」

新太郎は、久蔵の思いがけない言葉に戸惑った。

「秋山さま……」

佐奈は眉をひそめた。

「新太郎、お前なら公儀の定め、咎《とが》めを受けずに破る事が出来る……」

「お咎めを受けずに……」

「うむ。お前だけが出来る事だ……」

「私だけが……」

「左様……」

「教えて下さい、秋山さま。お咎めを受けずにお定めを破り、父の無念を晴らす手立てを教えて下さい」

新太郎は頼んだ。

「手立ては一つ。新太郎が父宮本新兵衛の仇《かたき》を討つのだ」

久蔵は、新太郎を見据えて告げた。

「仇討ち……」

　新太郎は緊張した。

「無論、仇討ちの相手は、新兵衛さんを手に掛けた三人の堀田の家来。その者共を父の仇と天下に触れて仇を討てば、評定所も頬被りは出来ず、堀田将監も只では済まぬ」

「ですが秋山さま。新太郎は未だ十歳。仇討ちなどとても……」

　佐奈は、満面に不安を漲《みなぎ》らせた。

「佐奈さん、仇討ちには助太刀《すけだち》が許されている」

「助太刀……」

「うむ。その助太刀、片倉さんと私がする」

　久蔵は微笑んだ。

　片倉は頷いた。

「又四郎と秋山さまが……」

　佐奈と新太郎は驚いた。

「左様。片倉さんは義弟として、私は南町奉行所吟味方与力としてではなく、知り合いの武士としてな」

「秋山さま……」

新太郎は、久蔵を見詰めた。

「新太郎、父上の無念を晴らすには、秋山さんの仰る通り仇討ちしかない。どうだ、仇討ちをやるか……」

片倉は訊いた。

「叔父さん、俺、やります。父上の仇討ちをします」

新太郎は勢い込んだ。

「新太郎……」

佐奈は狼狽えた。

「母上、俺、仇討ちをして、父上の無念を晴らします」

新太郎は、頰を紅潮させて云い放った。

「そうですか……」

佐奈は肩を落とし、吐息を洩らした。

「はい」

新太郎は、眼を輝かせて頷いた。

「秋山さま、どうかよしなに……」

佐奈は覚悟を決め、久蔵に深々と頭を下げた。

「秋山久蔵、確《しか》と承った」

久蔵は頷いた。

「又四郎、新太郎に武士として恥ずかしくないように……」

佐奈は、又四郎に頼んだ。

「姉上……」

片倉は、夫を亡くし、我が子を失うかもしれない姉の辛さに思いを馳せた。

「新太郎、最早、母はお前が死んだものと諦めます。心置きなく父の無念を晴らしなさい」

佐奈は、新太郎に己の覚悟を言い聞かせた。

「母上……」

新太郎は、衝き上がる新たな緊張に身震いをした。

必ず新太郎に仇討ち本懐を遂げさせる……。

久蔵は、決意を新たにした。

旗本の堀田将監が、己の悪事が露見するのを恐れて家来たちに浪人を斬り殺させた……。

久蔵は、弥平次と謀《はか》り、そうした噂を江戸の町に流した。

庶民たちは囁き合い、堀田将監に白い眼を向け始めた。

久蔵は、宮本新太郎に南町奉行所に仇討ち願を出させた。

南町奉行は、仇討ちを願い出た宮本新太郎の名、殺された宮本新兵衛との族籍、年齢などを公儀御帳に記した。これで、新太郎は何処でも仇討ちが出来るのだ。

久蔵は、新太郎に松本健之助、小林源之丞、近藤清十郎への果し状を書かせ、片倉又四郎に堀田屋敷に届けさせた。


松本、小林、近藤は、思わぬ成り行きに狼狽えた。

用人の田沢重蔵は戸惑い、主の堀田将監は苛立った。

十歳の新太郎が父親の仇たちに果し合いを申し込んだ事は、弥平次たちによって噂として江戸の町に広められた。

松本、小林、近藤は噂に縛られ、逃げ隠れ出来なくなった。

幸吉と由松は、隣の大名家江戸中屋敷の中間部屋から見張り続けた。

築地の西本願寺の鐘が鳴り響いた。

未の刻八つ。

果し合いの刻限になり、仇討ちの噂を聞いた人々が集まり始めた。

逃げ隠れするのは武門の恥辱……。

「子供と云えども情け容赦は無用。返り討ちにして参れ」

堀田将監は、松本、小林、近藤に果し合いに行けと命じた。

松本、小林、近藤は、覚悟を決めて堀田屋敷の前にある采女ヶ原馬場に向かった。

采女ヶ原馬場には、柔らかな冬の陽差しが溢れていた。

宮本新太郎は、鉢巻に襷掛《たすきが》け、袴の股立《ももだ》ちを取って松本、小林、近藤の来るのを待った。

紅潮した顔は、昂ぶりと恐怖に強張り、微かに震えていた。

片倉又四郎は、新太郎の背後に控えていた。

「新太郎、これは夢だと思え……」

「夢……」

「左様、夢と思えば、恐ろしさも辛さもない」

片倉は、新太郎に言い聞かせた。

「はい……」

新太郎は頷いた。

久蔵は、新太郎と片倉を見守った。

和馬と幸吉が、久蔵に駆け寄って来た。

「来たか……」

「はい……」

和馬は頷いた。

「和馬、俺に万一の時があれば、新太郎を目付の榊原采女正さまの許に連れて行け」

「秋山さま……」

和馬は、久蔵の厳しい覚悟を知った。

「頼んだぜ」

「心得ました」

和馬は、緊張した面持ちで頷いた。

松本健之助、小林源之丞、近藤清十郎が、馬場に入って来た。

久蔵は、三人が八丁堀中ノ橋の袂で宮本新兵衛を斬った羽織袴の武士たちと見定めた。

「幸吉……」

「先頭が松本、右が小林、左が近藤です」

「よし……」

久蔵は頷き、新太郎の傍に進んだ。

「新太郎、先頭の男が父上を斬った松本健之助だ。奴だけを狙え」

「はい……」

新太郎は、喉を緊張に引き攣らせて頷いた。

「片倉さん、後の二人は俺が引き受けた。新太郎に本懐を……」

「御造作を掛けます」

片倉は、久蔵に礼を述べた。

松本、小林、近藤は立ち止まり、新太郎を睨み付けた。

「新太郎……」

久蔵は促した。

「はい……」

新太郎は進み出た。

「宮本新兵衛が一子新太郎……」

「宮本新兵衛が義弟片倉又四郎……」

新太郎と片倉は名乗った。

「松本健之助、小林源之丞、近藤清十郎、父の仇、覚悟しろ」

新太郎は、嗄れた声を上擦らせて必死に叫んだ。

松本、小林、近藤は、薄笑いを浮べて刀を抜き払った。

「旗本秋山久蔵、故有って宮本新太郎に助太刀致す」

久蔵は、羽織を脱ぎ棄てた。

松本、小林、近藤は、戸惑い怯んだ。

「新太郎、俺から離れるな」

片倉は刀を抜き、猛然と松本に向かって走った。

新太郎は、懸命に続いた。

久蔵は、小林と近藤に向かった。

小林と近藤は、慌てて久蔵を迎えた。

久蔵は小林と近藤に斬り付け、松本から巧みに切り離した。
片倉は、松本に斬り掛かった。
松本は斬り結んだ。
新太郎は、片倉の背後から松本を睨み付け、その隙を窺った。
久蔵は、刃風を唸らせて小林と近藤に鋭く迫った。
小林と近藤は、左右から久蔵に間断なく斬り付けていた。
久蔵は、小林の刀を跳ね上げて振り向き態の一刀を閃かせた。
背後から斬り掛かった近藤が、袈裟懸けに斬られて血を振り撒いて仰け反り倒れた。
小林は、思わず怯んだ。
久蔵は、容赦なく迫った。
小林は、恐怖を振り払うかのような雄叫《おたけ》びを上げ、久蔵に上段から斬り掛かった。
久蔵は、構わず地を蹴って鋭く踏み込んだ。
小林は戸惑った。

久蔵は、横薙ぎの一刀を放ちながら小林と交錯した。
血が噴き飛んだ。
小林は脇腹を斬り裂かれ、前のめりにゆっくりと倒れた。
久蔵は、新太郎と片倉を振り返った。
新太郎と片倉は、松本と激しく斬り結んでいた。
久蔵は見守った。
片倉は、松本を押した。
松本は、片倉の刀を後退しながら巧みに躱した。
片倉は、僅かな苛立ちを過ぎらせた。
久蔵は、松本の背後に廻り込み、後退するのを防いだ。
「お、おのれ……」
松本は狼狽えた。
片倉は、狼狽えた松本の隙を見逃さず、鋭い一刀を放った。
松本は、刀を持つ腕を斬られて怯んだ。
片倉は、間断なく二の太刀を放った。
松本は、片倉の二の太刀を肩に受け、顔を苦しく歪めて膝をついた。

「新太郎……」

片倉は促した。

「はい」

新太郎は、刀を両手で握り締めて猛然と松本に体当たりをした。

松本は、新太郎の刀を胸に受けた。

新太郎の刀は、松本の胸に深々と突き刺さった。

松本は、憤怒の形相で新太郎を睨み付けた。

新太郎は、思わず後退りをした。

松本は、新太郎を睨み付けたまま仰向けに倒れた。

新太郎と片倉は、息を荒く鳴らしながら松本を見詰めた。

久蔵は、倒れている松本に素早く駆け寄り、その生死を確かめた。

松本は息絶えていた。

「新太郎、見事だ」

久蔵は、新太郎に微笑み掛けた。

「良くやったぞ、新太郎……」

片倉は、新太郎を労った。

新太郎は、その場に座り込んで泣き出した。

「宮本新太郎、父の恨みを晴らし、見事に仇討ち本懐を遂げた」

久蔵は、遠巻きにしている野次馬に告げた。

野次馬たちから歓声があがった。

残るは堀田将監の始末……。

久蔵は、不敵な笑みを浮べた。


宮本新太郎は、仇討ち本懐を遂げた。

目付の榊原采女正は、久蔵の報せを受けて仇討ちに至った経緯を調べた。そして、旗本堀田将監の悪行は暴かれた。

評定所は、堀田将監に切腹を命じ、堀田家の家禄を減知した。

浪人・宮本新兵衛斬殺の一件は、一子新太郎の仇討ちで幕を下ろした。

宮本佐奈は、久蔵に礼を述べ、新太郎を連れて江戸を立ち退く事を告げた。それは、新太郎が父の仇を討った孝子と持て囃され、己を見失うのを恐れての事だった。

久蔵は、佐奈の我が子新太郎への愛情の深さを知った。

「成る程、新太郎の為には、そいつが良いかもしれませんな」

久蔵は、佐奈の賢明さに頷いた。

宮本佐奈と新太郎母子は、日を置かずに江戸から立ち退いた。

久蔵は、佐奈に何処へ行くのか尋ねなかった。

縁があれば、いつか又逢える……。

久蔵は、佐奈と新太郎母子の穏やかな暮らしと、幸せを願わずにはいられなかった。

吹き抜ける風には梅の花びらが混じり、漸く春の息吹を感じさせた。

第三話

皆殺し

一

弥生《やよい》――三月。

三月三日は雛祭り。

武家は雛人形を座敷一杯に並べるが、町家は狭いので雛壇に飾ったとされる。

八丁堀岡崎町の秋山屋敷は、春の陽差しに覆われていた。

秋山家嫡男の大助《だいすけ》は、病に罹《かか》る事もなく元気に育っていた。その元気さと動きは、既に老下男夫婦の与平お福の及ばぬ処となっていた。

老下男の与平は、朝一番に表門の前を掃除し、大助の子守りをする。そして、昼が過ぎてからは、隠居所の縁側で転《うた》た寝《ね》をして過ごすようになった。

お福は、肥った身体を台所に据えて香織の手伝いをしていた。

太市は、久蔵のお供や屋敷の仕事をこなし、学問や捕縛術に励んでいた。

朝、太市は久蔵の出仕のお供をし、数寄屋橋御門内南町奉行所から八丁堀の秋山屋敷に戻った。

秋山屋敷の門前に中年女がいた。

客か……。

中年女は、秋山屋敷内を覗き込んでいた。

太市は急いだ。

中年女は、足早にやって来る太市に気が付き、慌てて秋山屋敷の門前を離れた。

「あれ……」

太市は戸惑った。

中年女は、秋山屋敷から遠ざかりながら振り返った。そして、太市が見詰めているのを知り、逃げるように立ち去った。

太市は、立ち去って行く中年女を怪訝に見送り、門の内外を厳しい眼差しで見廻した。

門の内外に変わった事はなかった。

「中年のおなごが……」

香織は戸惑った。

「はい。門の前から屋敷を窺っておりまして、私が近付くと慌てて立ち去りました」

太市は、台所で香織に報せた。

「お福、何か心当り、ありませんか……」

香織は、囲炉裏《いろり》端に陣取っているお福に尋ねた。

「さあ、此処には来ませんでしたが……」

「そうですか。太市、与平にも訊いてみるのですね」

「はい……」

「それで、与平も知らなければ、表門を閉めて下さい」

久蔵は、南町奉行所吟味方与力と云う役目柄、誰にどのような恨みを買っているのか分からない。

香織は、久蔵に対する恨みが与平お福夫婦や太市に及ぶのを恐れた。

「心得ました」

太市は、台所から出て行った。

「奥さま……」

お福は、不安げに眉をひそめた。

「奥を見て来ます」

「はい……」

香織は、厳しい面持ちで屋敷の奥に入って行った。

お福は、囲炉裏に掛けられた鉄瓶の蓋を取った。

湯気が立ち昇った。

お福は、煮え滾《たぎ》る湯に柄杓《ひしゃく》を入れた。

妙な奴が入って来たら熱いお湯を引っ掛けてやる……。

お福は、勝手口を睨み付けた。


与平は、庭先で大助と遊んでいた。

太市は、与平に中年女の事を尋ねた。

「いいや。知らないな」

与平は首を捻った。

「そうですか。分かりました。じゃあ……」

太市は、表門に戻ろうとした。

「太市……」

与平は呼び止めた。

「はい……」

「奥は儂《わし》が見廻る。表門を閉めてな……」

与平は、老いた顔に厳しさを漂わせた。

「はい……」

太市は、与平の言葉に頷いて表門に急いだ。

秋山屋敷は表門を閉めた。

太市は、門内の植込みの陰などを見廻って不審がないのを見届け、表門脇の覗き窓から外を窺った。

外の往来に不審な者の姿は見えなかった。

その後、秋山屋敷に変わった事もなく、時は過ぎた。

夕暮れ時、香織は帰宅した久蔵に中年女の事を報せた。

久蔵は、太市を居間に呼んだ。

「その女、どんな風だった」

「遠くから見ただけですが、歳の頃は三十歳前後の町方の女でした」

太市は告げた。

「三十歳前後の町方の女か……」

「はい……」

太市は頷いた。

久蔵は、己の扱った過去の事件に拘わった女の中に該当する者を探した。だが、該当する女は思い浮かばなかった。

「町奉行所の吟味方与力なんて、誰にどんな恨みを買っているか分かりゃあしねえ因果な商売だぜ……」

久蔵は苦笑した。

「旦那さま……」

太市は、緊張を滲ませた。

「よし。今夜はもう休んでくれ。亥《い》の刻四つ半（午後十一時）迄、俺が屋敷の見廻りをする。その後を頼む」

久蔵は、太市と手分けをして屋敷の警戒をする事にした。

「心得ました」

太市は頷き、表門脇の自室に戻って眠りに就いた。

久蔵は、半刻毎に屋敷内とその周囲を見廻った。

不審な事はなく、亥の刻四つ半になった。

久蔵は、眼を覚ました太市と交代して蒲団に入った。

太市は、屋敷内を見廻り、警戒を続けた。


夜明けが訪れた。

秋山屋敷には何事も起きなかった。

太市は緊張を解き、香織の作ってくれた温かい野菜雑炊を食べた。

寝不足の身体は温まり、若い太市は直ぐに気力が漲った。


表門脇の潜り戸が叩かれた。

「何方ですか……」

太市は、覗き窓から窺った。

「太市、俺だ。勇次だ」

潜り戸を叩いたのは、岡っ引の柳橋の弥平次の手先の勇次だった。

「勇次さん……」

太市は、潜り戸を開けた。

勇次が、飛び込んで来た。

「秋山さまにお目通りを……」

勇次は、微かに息を弾ませていた。

事件だ……。

「はい」

太市は、久蔵の寝間の庭先に走った。


久蔵は、勇次を台所に呼んだ。

香織が、野菜の多く入った温かい味噌汁を勇次に差し出した。

「ありがとうございます。戴きます」

勇次は、嬉しげに味噌汁をすすった。

久蔵は、勇次が味噌汁を食べ終わったのを見計らって台所に来た。

「御苦労だな、勇次。どうした」

「おはようございます。昨夜、上野元黒門町《もとくろもんちょう》の質屋が押し込みに遭い、主夫婦と二人の子供、三人の奉公人の都合七人が皆殺しにされ、金を奪われました」

「皆殺し……」

久蔵は眉をひそめた。

「はい。それで、和馬の旦那が、秋山さまにお出まし願えと……」

「よし。勇次、待っていろ」

「はい」

勇次は頷いた。

「香織、着替える……」

「はい」

久蔵は、香織を伴って己の座敷に戻った。

下谷広小路を囲む町に連なる店は、奉公人たちが開店の仕度をしていた。

押し込みに遭った質屋『亀屋《かめや》』は、不忍池の畔の上野元黒門町にあった。

質屋『亀屋』の表は、町役人《ちょうやくにん》や木戸番が固めていた。

久蔵は、勇次と共に質屋『亀屋』に入った。

質屋『亀屋』の店内には、血の臭いが満ち溢れていた。

久蔵は、勇次に誘われて質屋『亀屋』の奥座敷に進んだ。

「これは秋山さま、お早うございます」

柳橋の弥平次がいた。

「おう。柳橋の、御苦労だな」

「いえ。こちらです……」

弥平次は、久蔵を寝間に案内した。

寝間に敷かれた蒲団では、中年の女と幼い男女の子供が血塗れになって殺されていた。

「亀屋のお内儀《かみ》さんと子供たちです」

弥平次は眉をひそめた。

久蔵は、お内儀と子供たちの傷を検《あらた》めた。

傷は、躊躇いの欠片《かけら》もない一太刀によるものだった。

「酷《ひど》いな……」

久蔵は、お内儀と幼い子供たちの遺体に手を合わせた。

「ええ。年端もいかない子供まで、外道《げどう》の所業ですよ」

弥平次は、怒りを露わにした。

「で、亀屋の主は……」

「はい。こちらです……」

弥平次は、廊下に出て奥に進んだ。

そこには内蔵があった。


〝内蔵〟は、庭蔵と違って母屋に接して建てられている蔵だ。

質屋『亀屋』は、内蔵に高価な質草を保管していた。

神崎和馬は、その内蔵にいた。

「御苦労さまです」

「うむ……」

久蔵は、殺されている『亀屋』の主の徳造《とくぞう》の死体を検めた。

徳造は、女房子供同様に一太刀で斬り殺されていた。

「一太刀です」

和馬は眉をひそめた。

「剣の修行をした者の仕業だな」

「はい。それもかなりの使い手かと思いますが……」

和馬は、久蔵の睨みを尋ねた。

「ああ。和馬の睨み通りだな」

久蔵は頷いた。

「奉公人も三人、殺されたと聞いたが、手口は同じか……」

「はい。下男夫婦と手代が……」

和馬は頷いた。

「気の毒に。で、金は幾ら盗まれたんだ」

「通い番頭の彦八《ひこはち》の話では、旦那の徳造の部屋にあった二百両程だそうです」

和馬は、傍らにいた白髪頭の老番頭の彦八を示した。

彦八は、白髪頭を震わせて頷いた。

「二百両か……」

七人もの人間を皆殺しにして奪った金にしては少ないかもしれない。

久蔵は眉をひそめた。

「彦八、奪われた二百両、旦那の部屋にあった金なんだな」

久蔵は念を押した。

「はい。旦那さまがお手許金として部屋の手文庫に仕舞ってあったお金にございます」

「じゃあ、店の金は……」

和馬は尋ねた。

「この内蔵に鍵の掛かる金箪笥がありまして、そこに入れてあるのですが、無事でした」

「旦那の徳造、金箪笥の鍵を開けるのを拒んだので斬られたのかもしれませんね」

和馬は推し量った。

「和馬。もしそうなら、徳造は内蔵の錠前を何故に開けたかだな……」

久蔵は、微かな違和感を覚えた。

「金箪笥の鍵を開けないのなら、内蔵も開けませんか……」

和馬は眉をひそめた。

「おそらくな……」

押し込みの狙いは、金ではないのかもしれない……。

久蔵は、微かな違和感の原因を探った。

「あの……」

彦八が、遠慮がちに声を掛けて来た。

「どうした……」

「はい。どうも質草の一つが無くなっているような……」

彦八は、戸惑いを浮べていた。

「質草……」

「はい」

「その質草、どのような物だ」

「金襴《きんらん》の刀袋に入った脇差にございます」

「脇差……」

「左様にございます」

「脇差、どのような物だ」

「それが、旦那さまが目利きをされたので手前はどんな物かは……」

「分からないか……」

「はい。ですが、旦那さまが二十両、お貸しした処をみると、かなりの名刀かと存じます」

「うむ。で、質入れしたのは何処の誰だ」

「それは、帳簿を見れば分かりますが……」

「和馬……」

「はい。彦八、脇差を質入れした者が何処の誰か調べてくれ」

「はい。では、帳場の方で……」

和馬と彦八は、内蔵を出て行った。

「秋山さま……」

「柳橋の。どうやらこいつは、盗っ人の押し込みじゃあねえようだな」

久蔵は、厳しさを過ぎらせた。

幸吉、雲海坊、由松は、質屋『亀屋』周辺に聞き込みを掛けた。そして、殺された質屋『亀屋』の手代が、亥の刻四つ（午後十時）過ぎに広小路の夜鳴蕎麦屋《よなきそばや》で蕎麦を食べていたのが分かった。

「じゃあ、押し込みは亥の刻四つ過ぎって事だな」

弥平次は読んだ。

「はい。そして、丑《うし》の刻八つ（午前二時）に木戸番が夜廻りをしていて、亀屋の潜り戸が開いているのを妙に思い、押し込みに気付いています」

幸吉は頷いた。

「って事は、押し込みは亥の刻四つから丑の刻八つ迄の二刻の間にあったのか……」

久蔵は、幸吉に訊いた。

「はい。今、雲海坊と由松が、二刻の間に亀屋の付近で不審な者を見掛けなかったか、聞き込みを続けています」

「よし。引き続き、聞き込みを続けてくれ」

「承知しました」

幸吉は、頷いて駆け去った。

「秋山さま……」

和馬がやって来た。

「質入れをしたのが誰か分かったか……」

「はい。帳簿には、一月程前に下谷御切手町《ごきってちよう》日暮長屋住人大谷弥十郎《おおたにやじゆうろう》が質入れしたと書いてありました」

「よし。大谷弥十郎、どんな奴か調べてきな」

「はい」

久蔵は命じた。

和馬は頷いた。

「勇次、和馬の旦那のお供をしな」

「はい」

和馬と勇次は、下谷御切手町に急いだ。

「柳橋の。俺は奉行所に行く。後は任せる。何かあれば報せてくれ」

「承知しました」

久蔵は、弥平次に後の始末を頼んで南町奉行所に向かった。

下谷御切手町は、下谷広小路から山下を抜けた突き当たりにある養玉院《ようぎょくいん》の裏手一帯にあった。

和馬と勇次は、御切手町の自身番に立ち寄り、日暮長屋の場所と大谷弥十郎の事を尋ねた。

自身番の店番は、大谷弥十郎を知っていた。

大谷弥十郎は三十半ばの浪人であり、妻の絹江《きぬえ》と六歳になる倅の正太郎《しょうたろう》の三人暮らしだった。

和馬と勇次は、日暮長屋に向かった。

日暮長屋は、小さな沼の傍にあった。

和馬と勇次は、日暮長屋の大谷弥十郎の家を訪れた。

「御免下さい。大谷さまはおいでになりますか……」

勇次は、大谷の家の腰高障子を叩いた。

返事はなかった。

勇次は、尚も声を掛けて腰高障子を叩いた。だが、やはり返事はなかった。

「和馬の旦那……」

勇次は、和馬の指示を仰いだ。

「開けてみな……」

「はい。御免なすって……」

勇次は、腰高障子を引いた。

腰高障子は開いた。

和馬と勇次は、大谷の家の中を覗き込んだ。

家の中は片付けられており、掃除が綺麗に行き届いていた。

「御免、何方か……。いないな」

和馬は、呼び掛けるのを止めて苦笑した。

長屋の狭い家の中は、一見して誰もいないのが分かった。

「ちょいと隣近所に訊いてみますか……」

「頼む」

「はい……」

勇次は、大谷の家を出た。

和馬は、狭い家の中を見廻した。

古いが綺麗に掃除された狭い家には、畳まれた蒲団と火鉢や行燈《あんどん》などの数少ない調度品があるだけだった。

六歳の子供がいるにしては綺麗過ぎる……。

和馬は戸惑いを覚えた。だが、母親の絹江が綺麗好きであり、子供も大人しいのかもしれない。

浪人の大谷弥十郎は、質屋の『亀屋』に金襴の刀袋に入れた脇差を質草に入れ、二十両もの金を借りた。

狭い家の中に、金襴の刀袋に入れた脇差があったり、二十両もの金を借りた様子は窺えなかった。

和馬は、竈《かまど》の灰を手に取って調べた。

竈の灰は、冷たく固まり始めていた。

火を熾さなくなって一日は経っている……。

和馬は読んだ。

「和馬の旦那……」

勇次が戻って来た。

「おう。どうだった……」

「隣のおかみさんに聞いたんですが、旦那の弥十郎さんは此処暫《しばら》く姿を見掛けないそうでして。御新造は一昨日《おととい》、子供の正太郎を連れて出掛けたままだとか……」

勇次は告げた。

「一昨日、子供を連れて出掛けたままか……」

和馬は、己の読みが当ったのを知った。

「はい……」

「で、何処に行ったのかは……」

「分かりません」

「そうか……」

「ですが、何か思い詰めた様子で出掛けて行ったとか……」

「よし。長屋の大家に大谷弥十郎の素性を聞いてみよう」

「はい……」

和馬と勇次は、日暮長屋の大家の許に急いだ。

金襴の刀袋に入った脇差……。

質屋『亀屋』の皆殺しの一件が脇差を巡っての事なら、背後には武家の暗闘が潜んでいるのかもしれない。

久蔵は南町奉行所に戻り、臨時廻り同心の蛭子《えびす》市兵衛《いちべえ》を呼んだ。

蛭子市兵衛は、老練な落ち着いた人柄の同心だった。

久蔵は、市兵衛に質屋『亀屋』の皆殺しの一件を教えた。

「酷い話ですねえ……」

市兵衛は眉をひそめた。

「ああ。それでな……」

久蔵は、市兵衛に己の睨みを告げた。

「脇差を巡っての武家の暗闘ですか……」

市兵衛は、吐息を洩らした。

「ああ。脇差がどんな代物で何の為かは知らねえが、年端もいかねえ子供も二人、都合七人が皆殺しにされたんだ。気になる噂のある武家を探してみてくれ」

久蔵は、微かな怒りを滲ませながら市兵衛に命じた。

二

五年前、大谷弥十郎は絹江と赤ん坊の正太郎を連れて日暮長屋に引っ越して来ていた。

「大谷さんの素性、聞いているかな」

和馬は、日暮長屋の大家の伝兵衛《でんべえ》に訊いた。

「はい。何でも元は上総国関岡藩《かずさのくにせきおか》の御家中だったと聞いておりますが……」

「上総国の関岡藩……」

上総国関岡藩は三万石の小大名であり、藩主は野上《のがみ》正勝と云った。

「はい。親の代からの江戸詰の御家来だったそうですよ」

「そいつが何故、浪人したのかな……」

「さあ、そこ迄は……」

伝兵衛は、戸惑いを浮べた。

「それで大家さん、大谷さんの請人《うけにん》は誰ですかい」

勇次は尋ねた。

「ええと。浅草今戸《いまど》の真源寺《しんげんじ》の住職の慈源《じげん》さまですね」

伝兵衛は、店子の名簿を確かめた。

「今戸の真源寺……」

和馬は、大谷弥十郎の請人が寺の住職だったのに眉をひそめた。

寺の住職は、金が目当てで請人になる者が多かった。

和馬はそれを疑った。

「はい。何でも真源寺は大谷家の菩提寺だと聞いております」

「菩提寺か……」

菩提寺の住職が請人になるのは良くある事であり、別に不審な処はない。

「処で大谷弥十郎、どんな人なんだい」

和馬は尋ねた。

「どんなって、歳は三十四で背の高い痩せた人でしてね。一人息子を可愛がって、そりゃあ穏やかな人ですよ」

「仕事、何をしているのかな」

「仕事と云っても浪人ですからね。口入屋に出入りして、いろいろやっていたようですよ」

伝兵衛は首を捻った。

「家賃の払い、どうですか……」

勇次は、大谷一家の暮らし振りに探りを入れた。

「そいつは、御新造が毎月きちんと払ってくれていますよ」

「へえ、御新造さんがね……」

「ええ。御新造さんの仕立物は、呉服屋の評判が良いそうですよ。ですが、暮らし向きは楽じゃあなかったでしょうね。一月前も子供が熱を出し、医者だ薬だと大変だったようですよ」

伝兵衛は、大谷一家に同情した。

「そうですか。和馬の旦那……」

勇次は、和馬を窺った。

「うん……」

潮時……。

和馬は頷いた。

「旦那、大谷さん、どうかしたんですか……」

伝兵衛は眉をひそめた。

「いや。ちょいと聞きたい事があって探しているんだ。邪魔したな」

和馬は笑い、大家の伝兵衛の家を後にした。

勇次が続いた。


「何処に行ったんですかね、大谷さん……」

勇次は眉をひそめた。

「うん。御新造さんと子供がいないのも気になるな」

「はい。三人がいないのは、亀屋の押し込みに拘わりがあるんですかね……」

「さあな……」

和馬は首を捻った。

「これからどうします」

「そうだな、請人の浅草今戸の真源寺に行ってみるか……」

「ええ。慈源って住職、何か知っているかもしれませんね」

「うん……」

和馬は、勇次を伴って浅草今戸の真源寺に急いだ。


上野元黒門町の蕎麦屋は、昼飯の客で賑わっていた。

柳橋の弥平次は、蕎麦屋の二階の座敷を借り、聞き込みに廻っていた幸吉、雲海坊、由松の報告を聞いた。

質屋『亀屋』は、昨夜の亥の刻四つから丑の刻八つ迄の二刻の間に押し込まれた。

幸吉、雲海坊、由松は、その二刻の間に質屋『亀屋』の周辺にいた者を探した。しかし、何分にも真夜中の事であり、起きていた者すら容易に見付からなかった。

「そうか……」

弥平次は、蕎麦を食べ終えて茶をすすった。

「はい。こうなりゃあ、今晩の亥の刻四つから丑の刻八つ迄の間、広小路を見張るしかありませんね」

幸吉は、押し込みのあった刻限に広小路で仕事をしたり、通り掛かる者を捜す覚悟をしていた。

「亀屋の手代が蕎麦を食べに行った夜鳴蕎麦屋は、亥の刻四つ過ぎには帰ったんだな」

「はい。夜鳴蕎麦屋の家は神田相生町でしてね。通りの木戸番たちが、閉めた町木戸の潜り戸から出入りさせていました」

由松は告げた。

「押し込みはその後だから、広小路には夜鳴蕎麦屋はいなかったか……」

弥平次は眉をひそめた。

「それにしても、真夜中の広小路にどんな奴がいるのかな……」

雲海坊は蕎麦をすすった。

「そりゃあ、物乞いに酔っ払い、それに盗っ人か……」

幸吉は、蕎麦を食べる箸を止めた。

「そんな処だろうが、盗っ人ってのは面白いな……」

雲海坊は、その眼を微かに輝かせた。

「いずれにしろ亀屋の皆殺しは、只の押し込みじゃあない。呉々も気を付けるんだぜ」

　弥平次は、厳しい面持ちで命じた。

　飯倉神明宮《いいぐらしんめいぐう》は三縁山増上寺《さんえんざんぞうじょうじ》門前にあった。

　蛭子市兵衛は、神明宮門前町にある茶店の『鶴《つる》や』を訪れた。

　茶店『鶴や』の女将のお袖《そで》は、市兵衛を座敷に招いて亭主の平七《へいしち》に報せた。

「こりゃあ市兵衛の旦那、お使いを下されば直ぐに御番所にお伺いしたものを……」

　平七は、恐縮しながら現われた。

「いや。所詮、奉行所で済む話じゃあないからね」

　市兵衛は、お袖の出してくれた茶を飲んだ。

　茶は、市兵衛が一人暮らしの組屋敷で飲む出涸《でがら》しとは違って美味かった。

「美味いねえ……」

「畏《おそ》れいります。じゃあごゆっくり……」

　お袖は、市兵衛に会釈をして座敷を出て行った。

「で、御用とは……」

平七は、茶店の亭主から〝神明の平七〟と呼ばれる岡っ引の顔になった。

「近頃、妙な噂のある大名旗本を聞いていないかな……」

市兵衛は、久蔵に命じられた事を教えた。

「妙な噂のある大名旗本ですかい……」

平七は眉をひそめた。

「うん。そいつが上野元黒門町で起きた皆殺しの押し込みと拘わりがあるらしい……」

「皆殺しの押し込みってのは、質屋の亀屋の一件ですか……」

「聞いているかい……」

「はい。神崎の旦那と柳橋の親分たちが探索を始めていると……」

「そうか。それでな……」

市兵衛は、皆殺しの押し込みで奪われた物に脇差があった事や久蔵の睨みを教えた。

「成る程、それで妙な噂のある大名旗本ですかい……」

「うん。どうだ、この界隈の大名旗本家にはないかな……」

増上寺や飯倉神明、そして愛宕《あたご》神社の周囲には、大名家の江戸上屋敷が数多くある。

「あっしは取立てて聞いちゃあおりませんが、お袖や店の者たちが聞いているかもしれません。ちょいとお待ち下さい」

平七は店に向かった。

市兵衛は、茶の残りをすすった。

茶の温かさが、市兵衛の五体に染み渡った。


浅草今戸の空には、瓦や土器を焼く煙が幾筋も立ち昇っていた。

和馬は、勇次を従えて真源寺の山門を潜って境内に入った。

境内の鐘撞堂《かねつきどう》では、幼い男の子が一人で遊んでいた。

「俺も餓鬼の頃、良く玉圓寺の鐘撞堂で遊んで坊主に怒られたもんだ」

和馬は苦笑し、境内を抜けて庫裏《くり》の腰高障子を叩いた。

寺男が顔を出した。

和馬は、己と勇次の素性を告げて住職の慈源に逢いたいと申し入れた。

「申し訳ございませんが、御住職の慈源さまは、今日は朝から檀家の法事に出掛けておりまして……」

寺男は、申し訳なさそうに告げた。

「そうか、法事で留守か……」

「はい……」

寺男は頷いた。

和馬は、庫裏の中を素早く見廻した。

囲炉裏には火が燃え、鉄瓶が湯気を噴き上げていた。

「旦那……」

「うん。留守なら仕方があるまい。邪魔をしたな」

和馬は、勇次を促して踵を返した。

寺男は、庫裏を出て和馬と勇次を見送った。

和馬と勇次は山門に向かった。

鐘撞堂で遊んでいた幼い男の子は、既に境内からいなかった。

和馬と勇次は、真源寺の山門を出た。

「無駄足でしたね」

勇次は落胆を浮べた。

「そうでもないぞ……」

和馬は小さく笑った。

「和馬の旦那……」

勇次は戸惑った。

「土間の隅に女物の履き物があった」

和馬は、厳しさを過ぎらせた。

「女物の履き物ですか……」

「ああ。真源寺には女がいるぜ」

「女……」

「勇次、寺男は嘘を付いているかもな……」

和馬は眉をひそめた。

「嘘って。じゃあ、慈源って住職、いたのかもしれないんですか……」

「うん……」

「分かりました。暫く見張ってみます」

勇次は、真源寺を振り返って意気込んだ。

「そうしてくれ。俺は大谷弥十郎が仕官していた関岡藩の江戸上屋敷に行ってみるよ」

「承知しました」

勇次は頷いた。

和馬は、勇次を残して上総国関岡藩江戸屋敷に向かった。

飯倉神明宮門前の茶店『鶴や』の者たちは、妙な噂のある大名旗本家を知らなかった。

神明の平七は、下っ引の庄太《しょうた》を従えて岡っ引仲間を廻り、妙な噂のある大名旗本家を探し始めた。

蛭子市兵衛は、南町奉行所に戻った。そして、市中見廻りから戻って来た定町廻り同心や臨時廻り同心に尋ねた。だが、同心たちは首を横に振るばかりで、妙な噂のある大名旗本家は杳として浮ばなかった。

市兵衛と平七たちは、粘り強く探し続けた。


上総国関岡藩江戸上屋敷は、駿河《するが》台猿楽町《だいさるがくちょう》にあった。

武家屋敷街は町奉行所の支配違いであり、着流しに巻羽織の同心が彷徨《うろつ》くのは毛嫌いされている。

和馬は黒紋付羽織を脱いで塗笠を被り、着流しの浪人を装って関岡藩江戸上屋敷の様子を窺った。

関岡藩江戸上屋敷は、表門を閉めて静けさに覆われていた。

さあて、どうする……。

和馬は、塗笠を上げて辺りを見廻した。

人影が、背後にある旗本屋敷の土塀の陰に素早く入った。

人影は俺を見ていて隠れた……。

和馬は、何気ない素振りで人影の隠れた土塀の外れに進み、陰の路地を素早く覗いた。

駆け去る人影の後ろ姿が、路地の奥に僅かに見えた。

浪人……。

駆け去った人影は浪人であり、関岡藩江戸上屋敷を見張っていたのだ。

和馬は読んだ。そして、不意に或る思いに駆られた。

浪人は大谷弥十郎……。

もし、浪人が大谷弥十郎なら、何故にかつての奉公先である関岡藩江戸上屋敷を見張る必要があるのだ。

和馬は、微かな緊張を滲ませた。

湯島天神の横手には男坂があり、降りた処に古い飲屋があった。

雲海坊は、古い飲屋の裏庭に廻った。

裏庭には納屋があった。

雲海坊は、納屋の中の様子を窺った。

納屋の中から男の鼾《いびき》が聞こえた。

雲海坊は苦笑し、素早く納屋に入った。

納屋の土間には炉が切られ、鍋や土瓶などの僅かな道具があった。そして、奥には二枚の畳が敷かれ、男が薄汚い蒲団にくるまって鼾を掻いて眠っていた。

雲海坊は、錫杖の鐺で蒲団にくるまっている男を突いた。

男は、呻いて寝返りを打った。

「起きな……」

雲海坊は、尚も寝ている男を錫杖で突いた。

男は、驚いたように跳ね起きて傍らの匕首を取った。

「慌てるな、梅次《うめじ》。俺だぜ……」

雲海坊は、饅頭笠を取って顔を見せた。

「こりゃあ、雲海坊の兄貴ですかい……」

梅次と呼ばれた男は、起こしたのが雲海坊と知って匕首を納めた。

「夜廻り、忙しそうだな」

「相変わらずの納屋暮らし、金目の物は滅多にありませんぜ」

梅次は半端な博奕打《ばくち》ちだが、夜な夜な町を彷徨いては、店が仕舞い忘れた物を持って来るこそ泥でもあった。

一年前、雲海坊は取り込み忘れた洗濯物を盗んだ梅次を捕らえた。梅次は半泣きで詫び、許しを請うた。雲海坊は、梅次に洗濯物を返させて放免してやった。以来、梅次は雲海坊に恩義を感じ、兄貴と慕っていた。

「昨夜は何処を彷徨いた」

「谷中の賭場で遊んだ帰り、下谷広小路辺りをちょいと……」

「そいつは何刻ぐらいだ」

「ありゃあ、木戸番が子《ね》の刻九つ（午前零時）の見廻りをした後だったかな……」

梅次は首を捻った。

子の刻九つは、亥の刻四つと丑の刻八つの間であり、質屋『亀屋』の押し込みがあった時と云える。

「その時、池之端《いけのはた》の元黒門町の辺りで妙な奴らを見なかったかな」

「妙な奴らですかい……」

梅次は眉をひそめた。

「ああ……」

「そう云やあ、池の畔で手を洗っている侍がいましたよ」

「手を洗っている侍……」

雲海坊は眉をひそめた。

「ええ。最初、あっしは酔っ払いだと思いましてね。寝込むんじゃあねえかと様子を見ていたんですがね……」

梅次は、酔い潰れた武士から財布は云うに及ばず、刀を盗んだ事もあった。

「手を洗っていたのか……」

「ええ。そうしたら他にも二人の侍が、傍のお店から出て来ましてね。確かあのお店……」

「質屋の亀屋か……」

「そうそう、その質屋の亀屋から二人の侍が出て来て、手を洗っていた奴と一緒に明神下の通りに向かって行きましたよ」

「そいつだな……」

侍が三人……。

雲海坊は、質屋『亀屋』に押し込んで店の者を皆殺しにし、二百両と金襴の刀袋に入った脇差を盗んだ外道を見た者を漸く見付けた。

「で、梅次。三人の侍、どんな野郎だった」

「どんなって、羽織に袴。ありゃあ旗本御家人か大名の家来でしょうね」

「浪人じゃあないんだな……」

雲海坊は念を押した。

「ええ……」

質屋『亀屋』の者たちを皆殺しにしたのは、羽織袴の三人の武士……。

雲海坊は、一件が久蔵の睨み通り只の押し込みではないのを知った。

「雲海坊の兄貴。あの侍たち、どうかしたんですかい……」

梅次は、怪訝な眼を雲海坊に向けた。

「昨夜、質屋の亀屋が押し込みに遭ったのを聞いちゃあいねえのか……」

「朝からずっと寝ていたもんで……」

梅次は苦笑した。

「亀屋の者たちは子供迄、容赦なく皆殺しだ」

「皆殺し……」

梅次は驚いた。

「ああ。それで池で手に付いた血を洗っていたんだ。良かったな。酔っ払いだと早とちりをして手を出さなくて……」

「へい……」

梅次は、恐怖を滲ませて頷いた。

「よし。梅次、三人の侍の事、もっと詳しく思い出すんだ」


今戸の空に立ち昇っていた煙は消え、夕暮れ時が近付いた。

勇次は、真源寺を見張り続けた。

中年の女が、寺男と幼い男の子と一緒に真源寺から出て来た。幼い男の子は、鐘撞堂で遊んでいた子供だった。

中年の女は、幼い男の子に何事かを言い聞かせ、寺男に頭を下げた。そして、足早に浅草広小路に向かった。

寺男と幼い男の子は、中年の女を見送った。

勇次は、中年の女を追った。

和馬の睨み通り、真源寺には中年の女がいた。そして、中年の女と幼い男の子は母子なのだ。

勇次は、そう読みながら中年の女を追った。


中年の女は、浅草広小路から蔵前の通りに進み、神田川に架かる浅草御門を渡った。そして、馬喰町《ばくろちよう》から浜町堀《はまちようぼり》を越えて堀江町《ほりえちよう》に抜け、日本橋川に架かる江戸《えど》橋《ばし》に向かった。

勇次は追った。

中年の女は江戸橋を渡り、続いて楓川に架かる海賊橋《かいぞくばし》に進んだ。

勇次は眉をひそめた。

中年の女は、夕暮れの八丁堀組屋敷街に入った。

八丁堀の何処に行く……。

勇次は緊張した。

三

八丁堀岡崎町に連なる組屋敷は表門を閉めていた。

太市と与平は、秋山屋敷の表門を閉めて夕暮れの町を見廻した。

「どうだ……」

与平は太市に尋ねた。

「ええ。妙な人影はありませんね」

太市は見定めた。

「よし。後は門番小屋から見張るぞ」

「はい……」

与平と太市は、潜り戸から屋敷内に入った。

中年の女が、屋敷を窺っていたと知った時から与平は僅かに昔に戻った。だが、それは気ばかりで身体は付いていかなかった。

太市は、与平の忠義さに感心し、その指示に素直に従っていた。

夜の闇が秋山屋敷を覆った。

中年の女は、秋山屋敷の門前に佇んだ。

勇次は、物陰から見守った。

中年の女は秋山屋敷に来た。

勇次は戸惑った。

秋山屋敷に何の用なのだ……。

勇次は物陰に潜み、秋山屋敷を窺う中年の女を見守った。

中年の女は、蒼白い月明かりを浴びて心細げな風情《ふぜい》で佇んでいた。

勇次は見守った。

中年の女は、不意に身を翻して物陰に隠れた。

どうした……。

秋山屋敷の潜り戸から太市が現われ、厳しい眼差しで辺りを見廻し、物陰の中年の女に気付かずに戻った。

中年の女は、物陰から出て来て吐息を洩らした。

勇次は、中年の女の動きに困惑した。

次の瞬間、勇次は背後から口を塞がれた。

「勇次、俺だ……」

久蔵の囁く声がした。

勇次は、驚く間もなく頷いた。

久蔵は、不意に声を掛けて勇次が驚くのを嫌い、口を塞いで囁いた。

「秋山さま……」

久蔵が手を離し、勇次は息をついた。

「あの女、何者だい……」

久蔵は、己の門前に佇んでいる中年の女を示した。

「未だ良く分かりませんが、金襴の刀袋に入った脇差を質入れした浪人と拘わりがあるかもしれません」

勇次は、小声で告げた。

「そうか……」

久蔵は眉をひそめた。

昨日の昼間、太市が見た屋敷を窺っていた中年の女なのかもしれない。そして、質屋の『亀屋』が、押し込みに遭ったのは昨日の夜中だ。

今、屋敷の門前に佇んでいる女が昨日の中年の女であり、質屋『亀屋』の押し込みにも拘わりがあるのかもしれない。
　押える……。
　久蔵は決めた。
「よし。女を捕まえて屋敷に連れ込む。勇次は太市に潜り戸を開けさせろ」
「はい」
　勇次は、緊張した面持ちで頷いた。
　久蔵は、暗がりを走り出た。
　勇次は続いた。
　中年の女は、突然に現われた久蔵に驚いて立ち竦んだ。
　刹那、久蔵は中年の女を当て落した。
「太市、秋山さまのお帰りだ」
　勇次は、潜り戸の中に告げた。
　太市は、直ぐに潜り戸を開けた。
　久蔵は、気を失った中年の女を担いで潜り戸から屋敷に入った。
　勇次は続き、潜り戸を素早く閉めた。
　一瞬の出来事だった。

八丁堀岡崎町の組屋敷街の夜は、何事もなかったかのように静かに続いた。

久蔵は、気を失った中年の女を空いている中間部屋に運ぶように勇次と太市に命じた。

「旦那さま、昨日の女です……」

太市は、気を失っている中年の女を見定めた。

「やはり、そうか……」

久蔵は、屋敷を窺っていた中年の女の顔をまじまじと見詰めた。

見覚えのない顔だった。

「旦那さま……」

香織がやって来た。

「おう。昨日、屋敷を窺っていた女だ」

「はい……」

香織は、気を失っている中年の女の顔を覗いた。

「絹江さま……」

香織は驚き、思わず呟いた。

「絹江。知っているのか……」

久蔵は眉をひそめた。

「はい。笠井《かさい》藩江戸上屋敷にいた時、親しくして戴いていた方です」

香織の父親の北島兵部《きたじまひょうぶ》は、笠井藩江戸詰の家臣だった。

その北島兵部の同僚の娘が絹江であり、香織と親しい仲だった。

「そうか……」

絹江は、香織に用があって来た。

久蔵は読んだ。

「絹江さまが何故に……」

香織は、困惑を浮べた。

「香織、お前が笠井藩の江戸上屋敷を出た時、絹江はどうしていた」

「もう、お嫁に行っておりました」

「何処の誰に……」

「上総国関岡藩の御家中の、確か……」

香織は言い淀んだ。

「大谷弥十郎ってお侍じゃありませんか……」

勇次は訊いた。

「そうです。大谷弥十郎さまと仰る関岡藩の御家来に嫁がれていました」

香織は頷いた。

「秋山さま……」

勇次は、久蔵を窺った。

「うむ。そうか、大谷弥十郎の女房か……」

久蔵は、絹江が質屋『亀屋』に金襴の刀袋に入った脇差を質草にして二十両を借りた浪人の妻だと知った。

「はい……」

勇次は頷いた。

「となると、香織に用があって来ただけじゃあないか……」

久蔵は眉をひそめた。

「旦那さま……」

香織は、不安を過ぎらせた。

「よし。勇次、太市、絹江を台所脇の部屋に運んでくれ」

久蔵は命じた。

台所脇の部屋は、与平お福夫婦が増築した隠居所に移る迄、暮らしていた処だ。

勇次と太市は、気を失っている絹江を台所脇の部屋に運んだ。

久蔵は、絹江に活を入れた。

絹江は気を取り戻し、思わず身構えた。

「絹江さま……」

香織が声を掛けた。

絹江は、戸惑ったように香織を見詰めた。

「絹江さま、香織です」

香織は、懐かしげに微笑んだ。

「香織さま……」

絹江は、香織に気が付いて微かな安堵を滲ませた。

「絹江さま、主人の久蔵にございます」

香織は、久蔵を引き合わせた。

絹江は、慌てて身繕《みづくろ》いをして久蔵に手をついた。

「大谷絹江にございます」

「秋山久蔵だ。香織に用があるのかな」

「は、はい。いえ……」

絹江は狼狽えた。

「お前さん、困った事が起き、香織の亭主が南町奉行所の与力なのを思い出し、相談に来た。違うかい……」

久蔵は睨んだ。

「は、はい……」

絹江は頷いた。

「で、相談ってのは、上野元黒門町の質屋亀屋の押し込みの一件だな」

「あ、秋山さま……」

絹江は、久蔵を驚いたように見詰めた。

「質屋の亀屋は、昨夜遅く何者かに押し込まれ、主夫婦や奉公人、幼い子供迄皆殺しされた。その押し込みは、金よりも質草の脇差を奪うのが狙いだった……」

久蔵は、絹江の反応を見定めながら告げた。

絹江は項垂れた。

「一月前、その脇差を質草にして二十両の金を借りたのが大谷弥十郎、お前さんの旦那だった。そうだな……」

「はい……」

絹江は、久蔵がそこ迄知っているのに驚き、微かな怯《は》えを感じた。

「そして、そいつの裏には、大谷弥十郎がかつて禄を食んでいた上総関岡藩の連中が絡んでいる……」

「はい……」

久蔵は、和馬や雲海坊からの報せを受けていた。

絹江は、覚悟を決めたように頷いた。

「よし。仔細を話して貰おうか……」

久蔵は微笑んだ。

「絹江さま……」

香織は、茶を淹れて久蔵と絹江に差し出した。そして、勇次や太市にも茶を渡し、傍らに控えた。

「一月程前、六歳になる子供が酷い熱を出し、値の張る薬代に困り果てました。それで大谷は、その昔、お殿さまから拝領した脇差を質草にして亀屋さんから二十両の金子《きんす》を借りたのでございます。お陰さまで子供の熱は下がり、病は治りました。ですが、質草にした脇差は、二十両の金子が用意出来ず、受け出せないままになっておりました」

絹江は語った。

「それで関岡藩の者が、脇差を奪おうと押し込んだか……」

「はい。大谷は逸早くそれに気付き、何とか食い止めようとしました。ですが、大谷一人ではどうにもならなくて……」

絹江は、悔しげに俯いた。

「昨日の昼間、此処に来たのかな……」

「はい。香織さまが南町奉行所の秋山久蔵さまに嫁がれたと聞いておりまして。私は秋山さまに押し込みを止めて貰いたくて……。ですが、私は思わず躊躇い……」

絹江は項垂れた。

「そして昨日の夜中、関岡藩の者共は亀屋に押し込み、亀屋の者たちは皆殺しされ、脇差は奪われた……」

「はい……」

絹江は、哀しげに頷いた。

「で、大谷弥十郎は今、何をしているのだ」

「秋山さま。お願いにございます。大谷を、大谷弥十郎をお助け下さい」

絹江は、久蔵に手をついた。

「大谷弥十郎、亀屋に押し込んだ関岡藩の者共をどうしようってんだい……」

「秋山さま……」

絹江は戸惑った。

「背の高い痩せた浪人が、関岡藩江戸上屋敷の周囲を彷徨いていると報せがあってな。その浪人が大谷弥十郎か……」

久蔵は読んだ。

「きっと……」

「で、大谷は何を……」

「秋山さま。大谷は亀屋の押し込みは自分の所為《せい》だと云い、押し込んだ者たちを討ち果たそうとしているのです」

絹江は、緊張に溢れた面持ちで告げた。

「亀屋の者たちの恨みを晴らすつもりか……」

大谷弥十郎は、質屋『亀屋』の者たちが己の所為で殺されたと自分を責め、斬り死に覚悟で押し込んだ者たちを殺そうとしている。

久蔵は睨んだ。

「はい……」

絹江は、喉を引き攣らせて頷いた。

「で、亀屋に押し込んだ関岡藩の者共、名は分かるか……」

「大谷の話では、西川《にしかわ》、片桐《かたぎり》、坂本《さかもと》と申すそうです」

「西川、片桐、坂本か……」

「はい」

絹江は頷いた。

「よし。勇次、和馬と柳橋に押し込みは関岡藩の西川、片桐、坂本の三人の仕業で、大谷弥十郎が付け狙っていると報せ、斬り合いを食い止めろとな……」

久蔵は命じた。

「承知しました。御免なすって……」

勇次は久蔵と香織に一礼し、太市と共に台所から出て行った。

「それで、西川、片桐、坂本は、誰に命じられて大谷が拝領した脇差を奪ったのだ」

久蔵は核心に入った。

「それは、江戸家老の武田《たけだ》内蔵助《くらのすけ》さまです」

「江戸家老の武田内蔵助……」

江戸家老が絡んでいるとなると、脇差には関岡藩家中の事情が深く拘わっている。

久蔵は、事態の厳しさに気付いた。

「はい。大谷がそう申しておりました」

「じゃあ武田は何故、拝領した脇差を欲しがっているのだ」

「そ、それは存じません……」

絹江は、僅かに言い淀んで茶を飲んだ。

「本当に……」

久蔵は、絹江を見据えた。

「はい。本当に存じません……」

絹江は、怯えたように久蔵から視線を逸らした。

知らぬ振りをしている……。

久蔵は睨んだ。

「絹江さま。御主人の大谷さまは何故、関岡藩を致仕《ちし》されたのですか……」

香織は尋ねた。

「それは、いろいろありまして……」

絹江は、言葉を濁した。

「嫌な事を訊いて、お許し下さい」

香織は詫びた。

「いいえ……」

絹江は、哀しげな笑みを浮べて首を横に振った。

これ迄だ……。

久蔵は見極めた。

関岡藩家中の事情は、絹江が幾ら隠しても必ず探り出す。

久蔵は、小さな笑みを浮べた。

行燈の明かりは、辺りを仄《ほの》かに照らしていた。

囲炉裏の火は燃えあがり、鉄瓶からは湯気が立ち昇っていた。

蛭子市兵衛は、勝手口から訪れた神明の平七を囲炉裏端に招いた。

「御免なすって……」

平七は、囲炉裏端に座った。

「ま、一息ついてくれ」

市兵衛は、平七に湯呑茶碗に満たした酒を差し出した。

「こいつは畏れいります」

平七は、湯呑茶碗の酒に喉を鳴らした。

「で、妙な噂のある大名旗本、浮んだかい」

「はい。上総国は関岡藩に……」

「関岡藩か。どんな噂だ……」

「近々、殿さまの御落胤《らくいん》が戻ってくると……」

平七は、酒の入った湯呑茶碗を置いて厳しさを過ぎらせた。

「仔細を話してくれ……」

「はい。関岡藩の殿さま、野上正勝さまは五年前、腰元に手を付けて子を産ませましてね。処が奥方さまが激怒され、腰元と生まれたばかりの赤ん坊を殺そうとしたそうです。殿さまは驚き、生まれたばかりの赤ん坊を家来に託して逃がしたそうです」

「で、その赤ん坊が戻って来るのかい……」

「ええ。去年、奥方さまの生んだ嫡男が急な病で頓死しましてね。それで、現われるのは本当の御落胤か天一坊《てんいちぼう》かと……」

天一坊とは、八代将軍吉宗の御落胤として現われた偽者の名だ。

「面白可笑《おか》しく噂になっているか……」

「はい……」

平七は、湯呑茶碗の酒をすすった。

「御苦労だったね……」

「いいえ……」

「上総国の関岡藩か……」

「ええ……」

「その辺りかもしれないな……」

市兵衛は、囲炉裏に粗朶《そだ》を焼《く》べた。

粗朶は燃え上がって爆《は》ぜ、火花が飛び散った。

駿河台猿楽町の上総国関岡藩江戸上屋敷は、秋山久蔵たちの監視下に置かれた。

久蔵は、関岡藩江戸上屋敷前の旗本屋敷の中間部屋を借り、和馬と幸吉や由松に家来の西川、片桐、坂本を見張らせた。そして、雲海坊と勇次を浅草今戸町の真源寺にいる絹江たちに張り付かせた。

関岡藩江戸上屋敷を見張れば、質屋『亀屋』に押し込んだ西川、片桐、坂本たち家来は勿論、大谷弥十郎の動きも分かる。

西川、片桐、坂本をお縄にし、大谷弥十郎に馬鹿な真似はさせない……。

久蔵は、大名家の家来の西川、片桐、坂本をお縄にする機会を窺った。

「秋山さま……」

蛭子市兵衛が用部屋を訪れた。

「やあ。妙な噂のある大名旗本家、分かったかい……」

久蔵は、市兵衛を招いた。

「はい。秋山さまもお分かりになったようですね」

市兵衛は笑った。

「和馬たちの見張り、気付いたか……」

久蔵は苦笑した。

「はい。神明の平七が……」

神明の平七は、御落胤の噂のある関岡藩の家中に探りを入れた。そして、和馬たちが関岡藩江戸上屋敷を見張っているのに気付いた。

市兵衛は、平七からそれを聞き、久蔵の用部屋を訪れた。

「それで、関岡藩の妙な噂ってのは……」

市兵衛は尋ねた。

「そいつは未だだが、分かったのかい……」

久蔵は、市兵衛が突き止めたと読んだ。

「ええ。平七の話では……」

市兵衛は、関岡藩藩主野上正勝の御落胤の話をした。

「ほう、本物の御落胤か天一坊か……」

久蔵は、小さな笑みを浮べた。

「ま、本物か天一坊かを見定める証、何かあるんでしょうがね」

「市兵衛、関岡藩の殿さま、産まれたばかりの御落胤を家来に預けたのだな」

「はい……」

久蔵は眉をひそめた。

「その家来、何て名前だい」

「そいつは未だ……」

「ひょっとしたら、大谷弥十郎って奴かもしれねえ……」

「大谷弥十郎……」

「ああ……」

久蔵は、厳しさを滲ませて頷いた。

四

駿河台猿楽町に桜の花びらが舞い散った。

和馬と由松は、旗本屋敷の中間部屋の窓から、斜向かいの関岡藩江戸上屋敷を見張っていた。

「戻りました」

幸吉が、中間部屋に入って来た。

「おう、どうだった……」

和馬は尋ねた。

「関岡藩の屋敷の周りをそれとなく見廻って来たんですがね。大谷弥十郎らしい背の高い瘦せた浪人、何処にもいませんね」

幸吉は、出涸しの茶を淹れて飲んだ。

「そうか……」

「こっちにも妙な動きはないようですね」

「ああ。時々、中間や小者が出たり入ったりするぐらいだぜ」

和馬は苦笑した。

「それにしても和馬の旦那。盗まれた脇差、亀屋の連中を皆殺しにする程の値打ちがあるんですかね」

幸吉は眉をひそめた。

「ま、関岡藩の殿さまが家来に下賜《かし》した脇差だ。関岡藩の家来には値打ち物なんだろうな」

「ですが、人殺しをして奪った脇差です。他人に自慢出来る代物《しろもの》じゃありませんよ」

「それもそうだな」

「ええ……」

「だったら、他に何か奪う程の理由があるんだろうな」

和馬は首を捻った。

浅草今戸町真源寺の境内には、住職の慈源の読む経が朗々と響いていた。

雲海坊と勇次は、物陰に潜んで真源寺を見張った。

慈源の読む経は終わった。

「流石だな……」

勇次は、感心したように呟いた。

「何がだ……」

「いえ。本物のお坊さんの御経は、流石に違うと思いましてね」

「悪かったな。偽坊主で……」

雲海坊は苦笑した。

「いえ。別に雲海坊の兄貴の御経が下手だって訳じゃあ……」

勇次は慌てた。

「勇次……」

雲海坊は、勇次に庫裏を示した。

絹江と幼い男の子が庫裏から現われ、横手の井戸端で洗い物を始めた。

「絹江さんと、きっと子供の正太郎ですぜ」

「うん……」

雲海坊と勇次は、洗い物をする絹江と遊んでいる正太郎を見詰めた。

「それにしても勇次、絹江さんと正太郎はどうして真源寺にいるんだ」

雲海坊は眉をひそめた。

「えっ。それは……」

勇次は戸惑った。

「長屋にいられねえ訳でもあるのか……」

「はあ……」

勇次は首を捻った。

「雲海坊、勇次……」

蛭子市兵衛が、神明の平七と庄太を伴ってやって来た。

「こりゃあ蛭子の旦那、神明の親分……」

雲海坊と勇次は、市兵衛と平七たちに挨拶をした。

「御苦労だな……」

平七は、雲海坊と勇次を労った。

「秋山さまに聞いてね。あの女が絹江さんか」

市兵衛は、井戸端で洗い物をしている絹江を眺めた。

「はい……」

「で、遊んでいるのが一人息子の正太郎だね」

市兵衛は念を押した。

「きっと……」

勇次は頷いた。

絹江は洗い物を終え、正太郎を連れて庫裏に戻って行った。

「そうか。あの子か……」

市兵衛は、庫裏に入って行く正太郎を見送った。

「蛭子の旦那、何か……」

雲海坊は、厳しさを滲ませた。

「うん。秋山さまの睨みじゃあ、絹江さんと正太郎の命、何者かが狙っているかもしれないそうだ……」

市兵衛は眉をひそめた。

「絹江さんと正太郎、命を狙われているんですかい……」

雲海坊と勇次は驚いた。

「かもしれないって話だ」

「じゃあ、蛭子の旦那、あっしと庄太は裏を見張ります」

平七が告げた。

「そうか。頼むよ」

平七は、下っ引の庄太を従えて真源寺の裏手に廻って行った。

市兵衛は、雲海坊や勇次と共に物陰から真源寺を見張り始めた。


未の刻八つ（午後二時）が過ぎた。

関岡藩江戸上屋敷から三人の家来が出て来た。

窓辺にいた和馬は、旗本屋敷の中間を呼んで三人の家来の名前を訊いた。

「ありゃあ、西川と片桐と坂本ですぜ」

中間は、三人の家来の名を教えてくれた。

「和馬の旦那……」

幸吉と由松は緊張した。

「ああ。秋山さまが云っていた亀屋に押し込んだ奴らだ……」

西川、片桐、坂本は、猿楽町の通りを東に向かった。

「よし。追うぜ」

和馬は、刀を手にして立ち上がった。

幸吉と由松は続いた。


関岡藩家中の西川、片桐、坂本は、猿楽町の通りを東に進んだ。

和馬、幸吉、由松は慎重に尾行を始めた。

塗笠を目深に被った浪人が、横手の路地から不意に現われた。

和馬、幸吉、由松は、咄嗟に物陰に隠れた。

塗笠の浪人は、西川、片桐、坂本の後を追い始めた。

「和馬の旦那。背の高い痩せた浪人ですぜ」

幸吉は眉をひそめた。

「ああ。大谷弥十郎かもしれない」

和馬は喉を鳴らした。

西川、片桐、坂本は、山城国淀藩《やましろのくによど》江戸上屋敷の前を通って三河町《みかわちょう》に進んだ。

塗笠の浪人は追った。

和馬、幸吉、由松は続いた。

「何処に行くのかな……」

和馬は眉をひそめた。

「このまま進めば両国広小路。大川を渡れば本所、神田川を渡れば浅草……」

幸吉は読んだ。

「もし、浅草だったら、今戸町かもしれませんぜ」

由松は、緊張を過ぎらせた。

「今戸町って、絹江さんのいる真源寺か……」

和馬は読んだ。

「和馬の旦那……」

幸吉は、微かな焦りを覚えた。

「うん。由松、此の事を急いで秋山さまに報せてくれ」

和馬は命じた。

「承知……」

由松は、三河町から外濠沿いの道に走った。

浅草今戸町の真源寺は、訪れる者もなく静けさに包まれていた。

蛭子市兵衛は、雲海坊と真源寺を見張っていた。

勇次が、風呂敷包みを抱えて戻って来た。

「蛭子の旦那、買って来ましたよ」

勇次は、風呂敷包みを解き、握り飯と竹筒に入った温かい茶を出した。

「こいつは美味そうだ」

「じゃあ、蛭子の旦那、平七の親分たちに持って行きます」

「うん。頼むよ」

勇次は、平七と庄太の握り飯と温かい茶を持って真源寺の裏に向かった。


西川、片桐、坂本は、両国広小路から神田川に架かる浅草御門を渡り、蔵前の通りに進んだ。

塗笠の浪人は尾行た。

「大谷弥十郎に間違いないな……」

「ええ……」

和馬と幸吉は、塗笠の浪人を大谷弥十郎だと見定めた。

西川、片桐、坂本は、浅草広小路に差し掛かった。

大谷弥十郎は追った。

和馬と幸吉は続いた。

「幸吉、やっぱり今戸だな……」

和馬は睨んだ。

「ええ。真源寺に行くのに違いありません」

幸吉は頷いた。

「奴ら、真源寺で何をする気だ……」

和馬は、苛立ちを浮べた。

隅田川の流れは、深緑色をして大きくうねっていた。

真源寺に行く前に斬り棄てる……。

大谷弥十郎は、目深に被った塗笠の下から西川、片桐、坂本の後ろ姿を見据えた。

西川、片桐、坂本は、花川戸町から今戸町に向かった。

西川、片桐、坂本は、山谷堀《さんやぼり》に架かる今戸橋に差し掛かった。

今戸橋を渡れば今戸町であり、絹江と正太郎のいる真源寺がある。

何もかも、奥方と江戸家老の武田内蔵助の企みなのだ。

絹江と正太郎を護り、質屋『亀屋』の者たちの恨みを晴らす。

三対一の斬り合いに勝ち目はないのかもしれない。だが、たとえ刺し違えてでも倒すしかないのだ。

大谷弥十郎は、死を覚悟していた。


「和馬の旦那、そろそろ今戸橋ですぜ……」

幸吉は眉をひそめた。

絹江と正太郎のいる真源寺は近い。

「よし、間を詰めよう」

「はい」

和馬と幸吉は、いつ何が起こっても対処できるように大谷との距離を詰めた。

西川、片桐、坂本は、今戸橋を渡った処で立ち止まった。そして、何事かを相談し、坂本一人が真源寺に向かった。

真源寺の様子を探りに行った……。

大谷は睨んだ。

今戸橋の袂には、西川と片桐の二人が残っている。

三人より二人の今だ……。

大谷は意を決した。


坂本は、真源寺の山門から境内を覗いた。

真源寺は静けさに包まれ、変わった様子は窺えなかった。


「蛭子の旦那……」

雲海坊は、市兵衛に坂本が来たのを告げた。

市兵衛は、真源寺を窺う坂本を認めた。

「関岡藩の家来ですかね」

「ああ。亀屋に押し込んだ奴らの片割れかもしれないよ」

市兵衛は苦笑した。

坂本は、真源寺に変わった様子はないと見定め、今戸橋に戻った。

「仲間がいるんだろう。勇次、平七に絹江と正太郎を護れと伝えろ」

市兵衛は、万全を期した。

「はい……」

勇次は、真源寺の裏手に走った。

「追うよ。雲海坊……」

「承知……」

市兵衛と雲海坊は、今戸橋に戻る坂本を追った。


大谷弥十郎は、地を蹴って今戸橋に走った。

今戸橋の袂にいた西川と片桐は、大谷の駆け寄る気配に振り返った。

刹那、大谷は西川と片桐に斬り掛かった。

西川は咄嗟に跳んで躱した。だが、片桐は左腕を斬られて血を飛ばした。

「大谷弥十郎……」

西川は怒声を上げた。

大谷は西川に迫った。

西川は、抜き打ちの一刀を放って大谷の刀を打ち払った。
甲高い音が鳴り、火花が飛んだ。
大谷は、素早く体勢を立て直して刀を青眼に構えた。
「おのれ……」
左腕を斬られた片桐は、顔を醜く歪めて右腕一本で刀を構えた。
坂本が戻る前に必ず一人を倒す……。
大谷は、猛然と片桐に斬り付けた。
片桐は、後退りしながら斬り結んだ。
大谷は押した。
西川が、大谷の背後に廻って袈裟懸けに斬り付けた。
大谷は、僅かに仰け反った。
袈裟懸けに斬られた背に血が滲んだ。
「西川、片桐……」
坂本が、駆け戻って来た。
大谷の目論見は崩れた。
西川、坂本、片桐は、薄笑いを浮べて大谷を取り囲んだ。

大谷は、今戸橋の欄干に追い詰められた。

「何をしている」

和馬と幸吉が現われた。

西川、片桐、坂本は眉をひそめた。

市兵衛と雲海坊が、背後から駆け寄った。

大谷は、息を乱しながら事の成り行きを呆然と見守った。

和馬は、市兵衛がいるのに戸惑った。

「和馬……」

市兵衛は、笑みを浮べて和馬を促した。

「は、はい……」

和馬は頷き、西川、片桐、坂本を見据えた。

「我らは南町奉行所の者だ。上野元黒門町の質屋亀屋の皆殺しの一件について訊きたい事がある。大番屋に同道して貰おう」

「黙れ……」

西川は遮った。

和馬と幸吉は身構えた。

「我らは大名家の家臣。不浄役人に咎められる謂れはない」

西川は冷笑を浮べた。

「ならば、いずれの大名家御家中の方々かお聞かせ戴きますか……」

市兵衛は笑い掛けた。

片桐と坂本は狼狽えた。

関岡藩の名を簡単に出す訳にはいかない。

「おのれ、無礼な。問答無用……」

西川は、脅すように居丈高に怒鳴った。

「そうはいかねえ……」

久蔵が、今戸橋の下の船着場から弥平次と由松を従えて現われた。

西川、片桐、坂本は、思わず怯んだ。

久蔵は、報せに来た由松と柳橋に走り、弥平次と共に伝八《でんぱち》の猪牙舟《ちょきぶね》でやって来たのだ。

「御苦労だったな」

久蔵は、市兵衛、和馬、幸吉、雲海坊を労った。

市兵衛は微笑み、和馬、幸吉、雲海坊は小さく会釈した。

「おぬし、何者だ……」

西川は、緊張を浮べて探りを入れた。

「俺かい。俺は南町奉行所吟味方与力の秋山久蔵って者だ」

久蔵は苦笑した。

「秋山久蔵……」

西川、片桐、坂本は、久蔵の名を知っていたらしく顔を見合わせた。

「手前らかい、脇差と金が欲しさに、亀屋の者たちを皆殺しにした外道は……」

久蔵は、西川、片桐、坂本を見据えた。

「そ、そのような事は知らぬ……」

西川は焦った。

「往生際が悪いな。関岡藩の家来は……」

久蔵は嘲笑った。

「黙れ」

西川は、久蔵に猛然と斬り掛かった。

久蔵は踏み込み、西川に抜き打ちの一刀を閃かせて交錯した。

西川は、脇腹を斬られて立ち竦んだ。

心形刀流《しんぎようとうりゆう》の見事な抜き打ちだった。
「お、おのれ……」
西川は顔を苦しく歪め、尚も久蔵に斬り付けようとした。
久蔵に容赦はなかった。
「外道……」
久蔵は一喝し、西川に横薙ぎの一刀を放った。
西川は首の血脈を斬られ、血を振り撒きながら倒れて絶命した。
片桐と坂本は恐怖に引き攣りながらも、血路を開こうと刀を振り廻した。
「馬鹿野郎」
和馬は、片桐の刀を十手で叩き落した。
片桐は怯んだ。
幸吉が片桐に飛び掛かり、容赦なく十手で殴り倒した。
片桐は悲鳴を上げた。
坂本は、恐怖に震えて刀を振り廻した。
雲海坊は、坂本の脚に錫杖を振り抜いた。
乾いた音が響き、坂本は棒のように倒れた。

向こう臑の骨が折れたのか、坂本は苦しく呻いてのたうち廻った。

由松が倒れた坂本に馬乗りになり、容赦なく殴って捕り縄を打った。

久蔵は、市兵衛に介抱されている大谷の許に行った。

「どうだ……」

「浅手です。命には別状ありませんよ」

市兵衛は微笑んだ。

「そいつは良かった。大谷弥十郎だな……」

「はい……」

大谷は頷いた。

「関岡藩の御落胤の話、仔細を聞かせて貰おうか……」

久蔵は笑い掛けた。

和馬は、弥平次や幸吉たちと西川の死体を片付け、片桐と坂本を大番屋に引き立てた。

如何《いか》に己が大名家家臣と申し立てても、確かな証がない限り、昼日中に白刃を振り廻した只の狼藉者《ろうぜきもの》でしかない。

質屋『亀屋』に押し込み、金と脇差を奪って店の者を皆殺しにした事を必ず白状させる。

和馬は意気込んだ。


久蔵は、市兵衛と共に傷付いた大谷弥十郎を真源寺に伴った。

真源寺には、神明の平七が庄太や勇次と護りを固めていた。

「こりゃあ秋山さま……」

「やあ、平七、庄太、勇次、御苦労だな」

久蔵は労った。

勇次と庄太は、大谷を真源寺の庫裏に運んだ。

「お前さま……」

「父上……」

絹江と正太郎は驚き、大谷に縋り付いた。

「絹江、正太郎……」

大谷は微笑んだ。

「浅手だ。心配はいらねえ」

久蔵は告げた。

「秋山さま……」

絹江は、事態を知った。

大谷弥十郎は、駆け付けた医師の手当てを受けた。背中の傷は、市兵衛の見立て通り浅手だった。

「大谷。五年前、関岡藩の殿さまに頼まれて御落胤を連れて逃げた家臣はお前さんだな」

「はい……」

大谷は頷いた。

「で、関岡藩の奥方と江戸家老の武田内蔵助は、御落胤が無事に育っていると知り、御落胤を亡き者にし、証である脇差を奪い取ろうとした。それに気付いたお前さんは、何とか食い止めようとした。だが、武田の配下の西川たちは、御落胤の証である脇差が亀屋にあると突き止めて押し込み、店の者を皆殺しにして奪い取った。二百両の金を奪い取ったのは、盗賊の押し込みに見せる小細工だった。そして、お前さんは御落胤を護り、亀屋の者たちの恨みを晴らそうとした……」

久蔵は、己の睨みを話した。

「秋山さまの仰る通りです……」

大谷は、久蔵の鋭い睨みに驚きながらも頷いた。

「で、御落胤は関岡藩の殿さまの許に帰すのかい……」

久蔵は、絹江と共に緊張した面持ちでいる正太郎を見詰めた。

「御落胤の証の脇差がなくなった今、それはもう無理です。それに戻るかどうかは、当人が何もかも分かるようになってから、決めれば良いかと……」

大谷は、正太郎を一瞥した。

絹江は頷いた。

「そうか、良く分かった。いや、質屋の亀屋に押し込み、店の者を皆殺しにした外道どもを良く突き止めてくれた。南町奉行所吟味方与力として礼を云うよ。じゃあ、ゆっくり傷の養生をするんだな。さあ、帰るぜ。市兵衛、平七……」

久蔵は、市兵衛と平七を促して座敷を出た。

「秋山さま……」

「忝《かたじけ》のうございます……」

大谷弥十郎と絹江は平伏した。

正太郎は、大谷と絹江を真似て頭を下げた。


片桐と坂本は、和馬の厳しい詮議を受けて何もかも白状した。

関岡藩江戸家老の武田内蔵助は、死んだ西川と片桐や坂本を逸早く藩から追放し、全てを抱え込んで腹を切って果てた。

御落胤の真相は、闇の彼方に消え去った。

評定所は、関岡藩をお咎めなしとした。

久蔵は、浪人になった片桐と坂本に死罪の仕置を下した。

質屋『亀屋』の押し込み、皆殺しの一件は終わった。


大谷弥十郎は、絹江と正太郎を連れて下谷御切手町の日暮長屋に戻った。

正太郎は、浪人の大谷弥十郎の子供として元気に毎日を送っている。

それで良い……。

久蔵は微笑んだ。

桜の花が咲き誇り、花びらが微風に舞い散り始めた。

第四話

花飾り

一

卯月《うづき》――四月。

牡丹や藤の花の季節。

八日は釈迦の生まれた日であり、寺々では屋根を花で飾った花御堂《はなみどう》にお釈迦様の仏像を祀り、水や甘茶を掛ける灌仏会《かんぶつえ》を行なった。

所謂《いわゆる》、花祭りである。


朝、神田川に架かる和泉橋の橋脚に男の死体が引っ掛かっているのが見付かった。

神田佐久間町《さくまちよう》二丁目の自身番の者たちと木戸番は、近くに住んでいる柳橋の弥平次に報せ、男の死体を神田川から引き上げた。

柳橋の弥平次は、勇次を定町廻り同心の神崎和馬の組屋敷に走らせ、幸吉を従えて和泉橋に向かった。

神田川から引き上げられた男は、白髪混じりの頭をした五十歳絡みだった。

「何処の誰か知っていますか……」

弥平次は、自身番の者や木戸番に尋ねた。

「いいえ……」

自身番の者や木戸番は、初老の男が何処の誰か知らなかった。

「この界隈じゃあ見掛けない顔ですか……」

幸吉は首を捻った。

「うむ。よし、先ずはどうして死んだかだ」

弥平次と幸吉は、神田川の流れに洗われた初老の男の死体を検めた。

初老の男の死体の背中には、幾つかの刺し傷があった。

「溺れ死んだんじゃあなく、後ろから刺されましたか……」

「ああ。おそらく刺し傷の一つが、心の臓に届いたんだろうな」

弥平次は睨んだ。

「はい……」

「身許が分かる物、何か持っていたか……」

「そいつが親分。仏さん、財布や煙草入れや手拭、何も持っていませんよ」

幸吉は眉をひそめた。

「何も持っていない……」

弥平次は戸惑った。

「はい。何も……」

幸吉は頷いた。

「刺した奴が、仏さんの身許が分からないように持ち物を奪い取って、神田川に放り込んだか……」

「きっと……」

幸吉は、弥平次の睨みに頷いた。

「放り込んだ場所が、何処かだな」

放り込んだ場所が殺した現場かもしれないし、仏の身許や下手人に辿り着く手掛かりがあるかもしれない。

「はい。雲海坊と由松を呼んで、筋違御門に昌平橋、水道橋《すいどうばし》から小石川《こいしかわ》御門辺りの上流迄、聞き込みを掛けてみます」

「よし、俺は仏さんの身許を追ってみるよ」

「はい。じゃあ御免なすって……」

幸吉は、初老の男の死体を置いてある自身番の裏から立ち去った。

弥平次は、初老の男の着物とその身体に身許を突き止めるものを探した。

四半刻が過ぎた頃、和馬と勇次が駆け付けて来た。

「和馬の旦那、御苦労さまです」

「やあ、親分、土左衛門《どざえもん》かい……」

和馬は、初老の男の死体を覗いた。

「いえ。後ろから突き殺されています」

弥平次は、初老の男の背中を示した。

「成る程、で、仏の身許は……」

「そいつが、持ち物が何もなくて未だ……」

「持ち物が何もない……」

和馬は眉をひそめた。

「ええ。おそらく下手人が、奪い取ったんでしょう」

「身許を分からないようにしたか……」

「ええ……」

「くそ……」

和馬は、厳しさを滲ませた。

「あの、親分……」

勇次は、困惑した面持ちで初老の男の顔を覗き込んだ。

「どうした、勇次」

「仏さん、うちのお客さんかもしれません」

勇次は、自信なさげに告げた。

「笹舟のお客……」

弥平次は戸惑った。

「ええ。一度、屋根船に乗せたような気がするんですが……」

勇次は、元々は船宿『笹舟』の船頭であり、今でも探索のない時には櫓を握っている。

「はっきりしないか……」

「はい」

「よし、お糸を呼んできな」

「はい……」

勇次は、柳橋に駆け去った。

「お糸が知っていると良いんですが……」

「うん……」

和馬は頷いた。


筋違御門と昌平橋……。

幸吉、雲海坊、由松は、筋違御門や昌平橋迄の道筋と橋の上や袂に争った痕跡を探した。そして、不審な事を見た者がいないか調べた。だが、筋違御門と昌平橋迄には、争った痕跡も不審な事もなかった。

「次は水道橋に小石川御門迄を調べるか……」

幸吉、雲海坊、由松は、神田川の上流を眺めた。

神田川の流れには、散り遅れた桜の花びらが揺れていた。


船宿『笹舟』の養女のお糸は、養母である女将のおまきに帳場を任せられている。

「お父っつぁん……」

お糸が、勇次に伴われて来た。

「おう。来たか……」

「ええ。和馬さま、お早うございます」

お糸は、和馬に挨拶をした。

「忙しい処、済まないな、お糸」

「いいえ。お父っつぁん……」

お糸は浪人の娘に生まれただけあり、死体を見ても町娘のように狼狽えはしなかった。

「うん。見てくれ……」

弥平次は、初老の男の死体に掛けてあった筵《むしろ》を捲《めく》った。

お糸は、初老の男の顔を覗き込んで眉をひそめた。

「見覚えあるのか……」

弥平次は、お糸の顔色を読んだ。

「はい。確か小間物問屋の紅梅堂《こうばいどう》の旦那さまで、笹舟を何度か御利用戴いております」

「小間物問屋紅梅堂の旦那……」

「はい……」

「紅梅堂の場所や旦那の名前、分かるかな」

和馬は尋ねた。

「はい……」

お糸は、持参した風呂敷包みから馴染客の名簿を出して捲った。

「分かりました。紅梅堂は神田鍛冶町《かじちょう》。名前は富次郎《とみじろう》さまですね」

初老の男は、神田鍛冶町にある小間物問屋『紅梅堂』の主の富次郎だった。

「お糸、最後にうちに来たのはいつ頃かな」

「ええと、確か一ヶ月程前。若い女の方と向島《むこうじま》の桜見物だと……」

お糸は、予約の帳簿を開いた。

「間違いないな」

「はい……」

お糸は、予約の帳簿を見ながら頷いた。

「和馬の旦那、お聞きの通りです」

「よし。自身番の者を紅梅堂に走らせ、家族か番頭を呼んで確かめさせる」

和馬は、自身番の入口に向かった。

「お糸、富次郎さんと一緒にいた若い女の名前、分かるかな」

弥平次は訊いた。

「さあ、そこ迄は……」

お糸は首を捻った。

「じゃあ、どんな風な女だった……」

「どんなって粋な着物を着こなして、芸者さんか小唄のお師匠さんって感じでしたよ」

お糸は睨んだ。

「そうか。いや、御苦労だったな、お糸。助かったよ」

弥平次は、お糸に微笑んだ。

「いいえ。お父っつぁんのお役に立てて何よりです」

お糸は、養父弥平次の役に立てたのを喜んだ。

「よし。勇次、小間物問屋紅梅堂の旦那富次郎の身辺にいる若い女を捜してくれ」

「承知しました。じゃあ……」

勇次は、神田鍛冶町にある小間物問屋『紅梅堂』に急いだ。

昌平橋から水道橋……。

幸吉、雲海坊、由松の探索は続いた。

雲海坊は、昌平橋の袂に屋台を出している夜鳴蕎麦屋がいるのを知り、その住まいに向かった。

夜鳴蕎麦屋の住まいは、明神下の通りの裏町にあった。

雲海坊は裏長屋の木戸を潜り、戸口に夜鳴蕎麦屋の屋台を置いてある家の腰高障子を叩いた。

中年のおかみさんが、腰高障子を開けて顔を出した。

「やあ……」

雲海坊は、饅頭笠を上げて笑い掛けた。

「坊さんにお布施《ふせ》するお金なんかないよ」

中年のおかみさんは、腰高障子を閉めようとした。

「ちょいと待ってくれ、おかみさん。旦那に用があって来たんだ」

雲海坊は慌てた。

「うちの人に……」

中年のおかみさんは眉をひそめた。

「ああ。ちょいと聞きたい事があってね……」

雲海坊は、中年のおかみさんに素早く小粒を握らせた。

「あら、ま、お坊さん……」

中年のおかみさんは驚いた。

「旦那、いるかな……」

「ええ。どうぞ、入って下さいな」

中年のおかみさんは、満面の笑みで雲海坊を家に招き入れた。

「こいつはありがてえ。邪魔するよ」

雲海坊は饅頭笠を取った。


「変わった事ですか……」

夜鳴蕎麦屋の松吉《まつきち》は戸惑った。

「うん。昨夜、商いをしていて、妙な事を見たり聞いたりはしなかったかな」

雲海坊は訊いた。

「そうですねえ……」

松吉は首を捻った。

「お前さん、しっかり思い出すんだよ」

中年のおかみさんは、雲海坊に貰った小粒を自分の巾着に入れながら亭主の尻を叩いた。

「分かっているよ。煩せえな……」

松吉は腐った。

雲海坊は苦笑した。

「妙な事ねえ。そう云やあ、蕎麦を食いに来た客が、神田川の傍で女の幽霊に出逢ったと云いましてね」

「女の幽霊……」

雲海坊は眉をひそめた。

「ええ。処が良く見たら白っぽい着物を着た若い女が佇んでいただけで、俺に気付いて慌てて立ち去ったと……」

松吉は苦笑した。

「白っぽい着物を着た若い女か……」

「へい……」

松吉は頷いた。

「若い女、神田川沿いのどの辺りにいたのかな……」

「確か湯島の聖堂の傍だと云っていましたよ」

「湯島の聖堂の傍か……」

「へい。で、昌平坂を上がって行ったとか……」

「その若い女を見た客、何処の誰かな」

「本郷《ほんごう》の旗本屋敷の中間ですが、名前や奉公先は分かりません」

「そうか……」

白っぽい着物を着た若い女が、夜中に神田川の傍にたった一人で佇んでいるのは尋常の事ではない。

中年の男の死体に、何らかの拘わりがあるのかもしれない……。

雲海坊は、漸く手掛かりの欠片を摑んだ思いだった。


お糸の申し立て通り、初老の男は神田鍛冶町の小間物問屋『紅梅堂』主の富次郎に間違いなかった。

駆け付けたお内儀と番頭の吉兵衛《きちべえ》は、富次郎の死体に縋り付いて泣き出した。

和馬は、富次郎の死体を引き取らせ、探索を弥平次に任せて南町奉行所に向かった。

小間物問屋『紅梅堂』は、主の富次郎の死に大戸を降ろした。

勇次は、小間物問屋『紅梅堂』の周辺に聞き込みを掛け、富次郎の評判と女との拘わりを探った。

富次郎は、若い錺《かざり》職人に斬新な図柄の簪《かんざし》や帯留などを作らせて安く売ったりし、商売上手との評判だった。だが、それだけに強引な処があり、人柄の評判は決して良くなかった。そして、女との拘わりも多いと噂されていた。

今、どんな女と拘わりがあるのか……。

勇次は、『紅梅堂』の奉公人に聞き込みを掛けようとした。だが、『紅梅堂』の奉公人たちは、旦那の富次郎の弔《とむら》いの仕度に忙しく近寄るのも憚られた。

落ち着くのを待つしかない……。

勇次は、小間物問屋『紅梅堂』の様子を見守った。

夜中に神田川の傍に佇み、昌平坂に去った白っぽい着物を着た若い女……。

幸吉と由松は、雲海坊の話を聞いて眉をひそめた。

「どう思う……」

雲海坊は尋ねた。

「そいつは拘わり、きっとありますよ」

由松は、身を乗り出した。

「俺もそう思うぜ」

幸吉は頷いた。

「だろう……」

雲海坊は笑みを浮べた。

「昌平坂を上がると湯島二丁目の通り、神田明神の門前町に妻恋町《つまごいちょう》。それに湯島天神門前町か本郷か……」

幸吉は、白っぽい着物を着た若い女が、昌平坂を上がって行ける町を読んだ。

「結構、広い範囲ですね」

由松は眉をひそめた。

「なあに、神田川沿いを調べるのと変わりゃあしねえさ」

雲海坊は苦笑した。

「よし、先ずは神田明神門前町に白っぽい着物を着た若い女がいるかどうかだ」

「ですが幸吉の兄貴、白っぽい着物を着た若い女だけじゃあ……」

由松は、不安げに首を捻った。

「由松、白っぽい着物を着た若い女は、仏であがった初老の男と拘わりがある筈だ。その辺りから調べるんだぜ」

幸吉は命じた。

「成る程、仏さんですか……」

由松は頷いた。

幸吉、雲海坊、由松は、漸く摑んだか細い手掛かりに懸けた。


外濠は煌めいていた。

和馬は、外濠に架かる数寄屋橋御門を渡って南町奉行所の表門を潜った。

「ほう。神田鍛冶町の小間物問屋紅梅堂の主が背中を刺されてな……」

「はい。四カ所程刺され、その一つが心の臓に届く致命傷でした」

和馬は告げた。

「うむ。それにしても持ち物を奪い取って身許を隠そうとするとはな……」

秋山久蔵は眉をひそめた。

「はい。そいつが何か……」

「和馬、お前はどう見る……」

久蔵は逆に尋ねた。

「はい。富次郎の身許を割られ、己を突き止められるのを恐れての仕業かと……」

和馬は読んだ。

「って事は、殺《や》った奴は、富次郎の身近にいるって訳か……」

「おそらく……」

和馬は頷いた。

「そいつは、只お縄になりたくないだけなのか、それとも……」

久蔵は、厳しさを過ぎらせた。

「それとも、何ですか……」

和馬は眉をひそめた。

「逃げ延びて、他にも誰かを殺そうって魂胆なのか……」

久蔵は、下手人の動きを読もうとした。

「秋山さま……」

和馬は戸惑った。

「和馬。紅梅堂富次郎殺し、何だか一筋縄じゃあ済まねえ殺しのような気がしてな……」

　久蔵は苦笑した。

二

　小間物問屋『紅梅堂』に弔問客が訪れ、主の富次郎の弔いは始まった。

　勇次は、物陰から見守った。

「どうだ……」

　弥平次が、勇次の背後にやって来た。

「こいつは親分……」

「どうだ。何か分かったかい……」

「ええ。旦那の評判だけは……」

　勇次は、富次郎の評判を話した。

「そうか……」

「女との拘わりは、奉公人たちが弔いの仕度に忙しくて……」

勇次は、弔問客を迎えている奉公人たちを示した。

「うん。で、弔問客に若い女はいるか……」

「今の処はいません……」

「よし。取り敢えず蕎麦でも食べながら、暫く様子を見るか……」

弥平次は、小間物問屋『紅梅堂』の向かいにある蕎麦屋に勇次を伴った。


弥平次と勇次は、蕎麦屋の窓辺に座ってあられ蕎麦を食べた。

窓の外には、弔問客が出入りしている小間物問屋『紅梅堂』が見えた。

「亭主、茶を貰えるかな……」

弥平次は、蕎麦屋の店主に頼んだ。

「へい……」

中年の亭主が、土瓶を持って来て弥平次と勇次の湯呑みに出涸しを注ぎ足した。

「富次郎の旦那か……」

弥平次は、窓の外に見える『紅梅堂』を示した。

「ええ。気の毒に……」

亭主は眉をひそめた。

「旦那、女の噂、どうだった」

「親方……」

亭主は戸惑った。

「うん。実はね……」

弥平次は、懐の十手を見せた。

「これはこれは、親分さんでしたか……」

亭主は、弥平次が岡っ引と知り、微かな緊張を浮べた。

「で、どうなんだい。富次郎の旦那の女の噂の方は……」

弥平次は、亭主の緊張を解くように笑顔で尋ねた。

「いろいろあったようですよ」

亭主は、弥平次の笑顔に釣られた。

「いろいろねえ……」

「ええ。吉原や岡場所の女郎は云うに及ばず、芸者に仲居、三味線や小唄のお師匠さん、おまけに他人の女房迄……」

「他人の女房迄……」

弥平次は戸惑った。

「ええ……」

亭主は、呆れたような笑みを浮べた。

「他人の女房とは穏やかじゃあないな」

弥平次は眉をひそめた。

「若い頃の話だそうですがね……」

「若い頃ねえ……」

「今も若い女と付き合っていたって聞いたけど、知りませんかね」

勇次は、身を乗り出した。

「さあ、聞いちゃあいませんねえ……」

亭主は首を捻った。

「そうですか……」

勇次は肩を落とした。

弥平次は、生温くなった出涸しをすすった。

白っぽい着物を着た若い女が、殺された初老の男と拘わりがあるとしたなら、男女の仲に違いない。そうだとしたなら、白っぽい着物を着た若い女は、一人暮らしか婆やか小女と二人暮らしであり、家の主かもしれない。

幸吉、雲海坊、由松は睨んだ。そして、手始めに神田明神門前町の自身番と木戸番に向かった。

「おう、此処にいたか……」

和馬がやって来た。

「こりゃあ、和馬の旦那……」

幸吉、雲海坊、由松は迎えた。

「どうだ。紅梅堂の富次郎が神田川に投げ込まれた場所、分かったかい」

和馬は尋ねた。

「そいつは未だですが。和馬の旦那、仏さんの身許、割れたんですか……」

「ああ、知らなかったか……」

「はい」

「勇次が気付いてな。お糸が見定めたんだが、仏さん、笹舟に時々出入りしていてな。神田鍛冶町の小間物問屋紅梅堂の旦那の富次郎だったよ」

「そうでしたか……」

幸吉、雲海坊、由松は顔を見合わせた。

「で、そっちは今、どうなっているんだい」

「はい……」

幸吉は、白っぽい着物を着た若い女の事を話した。

「そうか、白っぽい着物を着た若い女か……」

和馬は、眼を輝かせた。

「和馬の旦那……」

幸吉、雲海坊、由松は戸惑った。

「うん。お糸の話じゃあ、富次郎は粋な着物を着た若い女と船遊びをしていたそうだ」

和馬は告げた。

「じゃあ……」

「ああ。その女が、白っぽい着物を着た女かもしれないぜ」

和馬は笑った。

和馬と幸吉は神田明神門前町の自身番を訪れ、雲海坊と由松は木戸番を訪ねた。

「若い女が主の家ですか……」

自身番の店番は眉をひそめた。

「うん。ちょいと洗ってくれないか……」

和馬は頼んだ。

「そりゃあもう。ちょいとお待ち下さい……」

店番は、顔馴染の和馬と幸吉の頼みを気軽に引き受けた。


「若い女が主の家ねえ……」

木戸番は眉をひそめた。

「ああ。妾《めかけ》稼業の女とか、三味線や小唄のお師匠さんとか、知らないかな……」

雲海坊は尋ねた。

木戸番は町に雇われており、町木戸の管理や夜廻りが主な仕事で町内の者の出入りに注意をしていた。それだけに町内の者に詳しいと云えた。

「そりゃあ、知っていますよ……」

「ありがたい。知っているだけ教えてくれねえかな」

由松は頼んだ。

「お安い御用ですぜ……」

木戸番は頷いた。

和馬、幸吉、雲海坊、由松は、あらゆる手立てを使って白っぽい着物を着た若い女に辿り着こうとした。


夕暮れが近付き、小間物問屋『紅梅堂』に来る弔問客は少なくなった。

弥平次は、富次郎の遺体に手を合わせ、番頭の吉兵衛を物陰に呼んだ。

「親分さん……」

吉兵衛は、微かな怯えを滲ませながら来た。

「やあ。御苦労さまですね」

弥平次は、吉兵衛を労った。

「いいえ。で、御用は……」

「旦那の富次郎さん、若い女がいたね」

弥平次は声を潜めた。

「親分さん……」

吉兵衛は狼狽えた。

「心配はいらない。此処だけの話ですよ」

「はい。旦那さまは、妻恋町に住んでいる方に、お手当を……」

「妻恋町に……」

「はい……」

「その女の名前は……」

「おなつさんです」

「おなつ……」

「はい。今年、二十五歳になる小唄のお師匠さんにございます」

「二十五歳の小唄の師匠か……」

「はい……」

「富次郎の旦那、その妻恋町のおなつといつ頃からの仲ですか……」

「一ヶ月程前からです……」

「一ヶ月前ねえ……」

弥平次は、『笹舟』で花見の舟を仕立てた頃からの仲だと知った。

「昨夜もおなつの家に行っていたのかな」

「いいえ。昨夜は若い頃から親しくされている御家人の香月《かづき》さまと逢うと仰って
お出掛けになりました」

「御家人の香月さま……」

弥平次は眉をひそめた。

「はい。下谷御徒町《おかちまち》にお住まいの香月伊織《いおり》さまにございます」

「香月伊織さまねえ……」

「はい」

吉兵衛は頷いた。

「その香月さま、弔いには来ましたか……」

「いいえ」

「来ていない……」

前の夜、逢っていた相手が死んで弔いに来ない筈はない。

弥平次は戸惑った。

「番頭さん、お内儀さまがお呼びです」

手代が顔を出した。

「親分さん……」

「ええ、いろいろ助かりましたよ」

「はい。では、呉々も宜しくお願い致します」

吉兵衛は、弥平次に深々と頭を下げて立ち去った。

弥平次は、小間物問屋『紅梅堂』を出た。


大川の流れには、船の明かりが映えていた。

船宿『笹舟』の弥平次の居間には、和馬、幸吉、雲海坊、由松、勇次が集まっていた。

和馬、幸吉、雲海坊、由松は、粋な着物を着た若い女に辿り着いてはいなかった。

「その女、ひょっとしたら妻恋町に住んでいるおなつって名の小唄の師匠かもしれません」

弥平次は告げた。

「妻恋町のおなつ……」

和馬、幸吉、雲海坊、由松たちは緊張を滲ませた。

「ええ。富次郎とは、一ヶ月程前からの仲だそうでしてね。今度の一件に何らかの拘わりがあると見ていいでしょうね」

弥平次は睨んだ。

「そうか。みんなの見立てに間違いはなかったな……」

和馬は笑った。

幸吉、雲海坊、由松は、自分たちの睨みに間違いがなかったのを知り、一日歩き廻った疲れを忘れた。

「ですが和馬の旦那。富次郎さん、昨夜は若い頃から親しく付き合っている御徒町の御家人、香月伊織さまに逢いに行ったと……」

「御家人の香月伊織……」

「はい。明日にでも香月さまのお屋敷に伺い、確かめてみます」

「そうか。じゃあ俺たちは、そのおなつって女を探ってみるぜ」

和馬は張り切った。

「はい。それにしても和馬の旦那、旦那の富次郎さんにもいろいろありそうですよ」

「いろいろか……」

「ええ……」

「そう云やあ秋山さま。富次郎殺し、一筋縄じゃあ済まねえ気がすると仰っていたな……」

和馬は眉をひそめた。

「秋山さまが……」

「ああ……」

「みんな、聞いての通りだ。呉々も気を付けて探索するんだぜ」

弥平次は、幸吉、雲海坊、由松、勇次に厳しい面持ちで命じた。

行燈の明かりは小刻みに瞬いた。


「あの家ですぜ……」

妻恋町の木戸番は、黒塀に囲まれた仕舞屋を指差した。

「で、おなつは一人暮らしなのかな」

和馬は、木戸番に尋ねた。

「いいえ。確か飯炊きの婆さんと二人暮らしの筈ですよ」

木戸番は告げた。

「そうか。よし、此の事、他言無用だぜ」

和馬は、厳しさを過ぎらせた。

「そいつはもう。じゃあ、御免なすって……」

木戸番は駆け去った。

「よし。先ずはおなつがどんな女か、聞き込みを掛けてみるか……」

「はい……」

幸吉は頷いた。

「その前にちょいと経を読んでみますよ……」

雲海坊は、門付けで経を読み、誰がお布施を持って出て来るのか見定めるつもりなのだ。

おなつか飯炊きの婆さんか……。

「うん。頼むぜ」

和馬、幸吉、由松は物陰に隠れた。

雲海坊は、饅頭笠を目深に被り直して経を読み始めた。

和馬、幸吉、由松は見守った。

僅かな刻が過ぎた。

黒塀の木戸が開き、婆さんが出て来て雲海坊の頭陀袋《ずだぶくろ》に小銭を入れた。

飯炊き婆さんだ……。

雲海坊、和馬、幸吉、由松は見届けた。

飯炊き婆さんは仕舞屋に戻った。

雲海坊は経を読み終え、仕舞屋から離れた。


「飯炊き婆さんと二人暮らしですね」

雲海坊は苦笑した。

「うん。由松、おなつが出掛けるかもしれない。此処を見張ってくれ。俺は和馬の旦那や雲海坊と聞き込みをしてくる」

「承知……」

由松は頷いた。

和馬、幸吉、雲海坊は、由松を残して聞き込みに向かった。


下谷御徒町の組屋敷街は、役目に就いている者たちの出仕も終わり、静けさに包まれていた。

弥平次は、勇次を従えて御家人の香月伊織の組屋敷に向かった。

香月伊織の組屋敷は、伊予国大洲《いよのくにおおず》藩江戸上屋敷の前にあった。

弥平次と勇次は、香月の組屋敷を訪れた。

香月の妻が、玄関先に現われた。

「手前は柳橋の弥平次と申しまして、お上の御用を承っている者ですが、香月さまはおいでになりますか……」

「主は他出しており、留守です」

香月の妻は、式台の上で痩せた身体を反らし、三和土《たたき》にいる弥平次と勇次を見下ろすように告げた。

そこには、町方の者を侮る気配があった。

「左様にございますか。で、お出掛けになったのは今朝方にございますか……」

弥平次は下手に出た。

「そのような事、その方たちに告げる謂れはない。早々に引き取りなさい」

香月の妻は、甲高い声を張り上げた。

「それはお邪魔致しました……」

弥平次は苦笑した。

弥平次と勇次は、香月屋敷を出た。

「貧乏御家人が、随分偉そうな奥方ですね」

勇次は、腹立たしさを滲ませた。

「勇次、貧乏御家人でも武士は武士だ。それだけを生甲斐にして、縋って暮らしている御武家さんは大勢いるさ」

弥平次は笑った。

「ですが親分……」

「ま、とにかくあの様子じゃあ、香月さんが留守なのに間違いはないだろうが……」

弥平次は眉をひそめた。

「何か……」

勇次は戸惑った。

「香月伊織、いつから何処に出掛けたかだ……」

弥平次は、何故か不吉な予感を覚えた。

おなつは五年前、室町の呉服屋の隠居の妾として妻恋町の仕舞屋で暮らし始めた。

二年後、隠居は頓死し、呉服屋の旦那は手切れ金として仕舞屋をおなつに与えた。以来、おなつは仕舞屋に住み、お店の旦那や隠居に小唄を教えていた。

おなつが、呉服屋の隠居に囲われる迄、何をしていたかは定かではない。

「よし。おなつに逢ってみるぜ」

和馬は、雲海坊を残し、幸吉と由松を連れて仕舞屋を訪れた。


「いねえ……」

由松は、素《す》っ頓狂《とんきょう》な声をあげた。

「はい。おかみさんはお出掛けですが……」

飯炊き婆さんは怯えた。

おなつは、仕舞屋を留守にしていた。

「いつから出掛けているんだ」

和馬は、思わず声を荒らげた。

「昨日です。昨日、出掛けたままです……」

飯炊き婆さんは怯えた。

「で、婆さん、おなつは何処に行ったんだ」

幸吉は尋ねた。

「わ、分かりません……」

飯炊き婆さんは、首を横に振った。

「和馬の旦那……」

「うん……」

和馬は眉をひそめた。

三

飯炊き婆さんは、和馬たちの険しさに戸惑い、身を縮めていた。

「それで婆さん、おなつは昨日、何時頃に出掛けたんだ」

和馬は、厳しい面持ちで尋ねた。

「確か、申の刻七つ（午後四時）過ぎだったと思います……」

飯炊き婆さんは、声を震わせた。

「何処に行くとも、誰と逢うとも云っていなかったのだな」

和馬は苛立った。

「はい……」

「処で婆さん。一昨日、小間物問屋紅梅堂の旦那の富次郎さん、来なかったかな」

幸吉は尋ねた。

「富次郎の旦那さまですか……」

「ああ。来なかったか……」

「はい。お見えにはなりませんでした……」

飯炊き婆さんに躊躇いはなかった。

「来なかった……」

幸吉は戸惑った。

「富次郎の旦那、お見えになるのは今日の筈ですが……」

飯炊き婆さんは眉をひそめた。

「そうか……」

飯炊き婆さんの言葉に嘘はない。

幸吉は見定めた。

一昨日、富次郎は番頭の吉兵衛が云った通り、御家人の香月伊織に逢いに出掛けたのかもしれない。

幸吉は読んだ。

「処で婆さん、一昨日、おなつは白っぽい着物を着て出掛けたな」

「はい。夕暮れ時に……」

「夕暮れ時な。で、いつ頃、帰って来たんだ」

「それが、夜中に……」

「おなつ、一昨日、夕暮れ時に出掛けて夜中に帰って来たんだな」

「左様にございます」

富次郎が殺された夜、昌平橋近くの神田川の傍にいた白っぽい着物の女は、おなつに間違いなかった。

「和馬の旦那……」

「うん。で、婆さん、おなつの男は富次郎だけだったのかい」

「えっ。そ、それは……」

飯炊き婆さんは言い淀んだ。

「婆さん、隠すと為にならねえぜ」

由松は凄んだ。

「は、はい。おかみさんは杉原左京《すぎはらさきょう》って浪人さんとも……」

飯炊き婆さんは項垂れた。

「杉原左京だと……」

「はい……」

おなつには、富次郎の他にも浪人の杉原左京と云う男がいた。

「和馬の旦那……」

「うん。その杉原左京、何処に住んでいる」

「寺の家作だと聞いております」

「何処の何て寺だ」

「不忍池の畔とか天王寺《てんのうじ》前の寺町だとか、詳しい事は分かりません」

飯炊き婆さんは、前掛で顔を覆ってすすり泣き出した。

「泣くな婆さん。分かったよ」

由松は宥《なだ》めた。

「は、はい……」

飯炊き婆さんは、声をあげて泣いた。

「嘘はなさそうですね」

幸吉は、和馬に囁いた。

「うん。よし、俺と由松は杉原左京を捜す。幸吉と雲海坊は引き続き、おなつを頼む」

和馬は、厳しさを滲ませた。

下谷御徒町の香月屋敷は、出入りする者もいなく沈んでいた。

弥平次は、物陰から見張った。

香月伊織は八十石取りの御家人であり、無役の小普請組だった。

富次郎殺しに何らかの拘わりがある……。

弥平次の勘は囁いていた。

香月伊織とその妻の仲は、おそらく良いものではない。

弥平次は、香月屋敷の雰囲気と妻の態度からそう睨んだ。

「親分……」

勇次が、聞き込みから戻って来た。

「何か分かったか……」

「はい。昨日の夕方、香月伊織が忍川《しのぶがわ》沿いの道を下谷広小路に行くのを見た人がいました」

忍川とは、不忍池の落水の流れであり、下谷広小路から御徒町を横切って浅草に抜けている。

「昨日の夕方か……」

「はい。きっとそれ以来、戻っていないんじゃありませんかね」

「うむ。よし、香月の足取りを追ってみよう」

「はい」

勇次は張り切った。

弥平次は、勇次を従えて御徒町の通りを忍川に向かった。

幸吉と雲海坊は、妻恋町一帯におなつの足取りを探した。

おなつの足取りは、容易に摑めなかった。

幸吉と雲海坊は、範囲を広げながら粘り強く聞き込みを続けた。

和馬と由松は、不忍池の畔に並ぶ寺に浪人の杉原左京を捜した。

だが、不忍池の畔に並ぶ寺の家作に杉原左京はいなかった。

「こりゃあ、天王寺界隈の寺ですかね……」

由松は眉をひそめた。

「うん。面倒だが、調べるしかあるまい」

「はい……」

天王寺と寺町は、東叡山寛永寺の北西にあった。

和馬と由松は、不忍池の畔から寛永寺の裏側に向かった。


下谷広小路は賑わっていた。

御家人の香月伊織は、四十歳を過ぎた小肥りの男であり、着流し姿だった。

弥平次と勇次は、自身番の者や顔見知りのお店の者に聞き込みを掛けた。だが、前の日の事の上に、四十過ぎで小肥りの着流し侍なら掃いて棄てる程おり、その足取りは容易に見付からなかった。

弥平次と勇次は、香月伊織の足取りを粘り強く捜し続けた。

「親分……」

幸吉の呼ぶ声が、行き交う人々の中から聞こえた。

弥平次は足を止めた。

幸吉が足早にやって来た。

「おう。どうした……」

「はい。おなつの行方を追って広小路に辿り着いたって訳ですが、親分は……」

幸吉は、怪訝に尋ねた。

「そいつが、香月伊織が昨日から出掛けていてな。足取りを捜しているんだぜ」

「香月伊織、昨日から出掛けているんですか」

幸吉は眉をひそめた。

「うむ。おなつもか……」

「はい。昨日の夕方、出掛けたままです」

「昨日の夕方……」

「はい……」

「香月が出掛けたのも、昨日の夕方だ……」

「香月もですか……」

「幸吉、おなつと香月伊織、ひょっとしたら一緒かもしれないな」

弥平次は睨んだ。

「はい……」

幸吉は、緊張した面持ちで頷いた。

「親分……」

勇次が、人混みを掻き分けて弥平次に駆け寄って来た。

「どうした」

「はい……」

勇次は、幸吉に会釈をして息をついた。

「不忍池の畔の雑木林で、素っ裸の野郎の死体が見付かったそうです」

「素っ裸の死体……」

幸吉は驚いた。

「はい。そいつが親分、小肥りの中年男だそうでして、香月かも……」

「よし。行くぜ」

弥平次は、不忍池の畔に急いだ。

幸吉と勇次は続いた。


水鳥が羽音を鳴らして一斉に飛び立ち、不忍池には水飛沫《みずしぶき》が煌めいた。

畔の雑木林の一角には、町役人たちが集まっていた。

弥平次は、幸吉と勇次を従えて駆け付けた。

「こりゃあ柳橋の親分……」

町役人たちが、弥平次たちを迎えた。

「御苦労さまです。で、仏さんは……」

弥平次は、雑木林を見廻した。

「こっちですぜ……」

雲海坊が、筵を捲って男の死体に手を合わせていた。

「おう、早かったな」

幸吉は苦笑した。

「ああ、噂を聞いてね……」

雲海坊は、幸吉と共におなつの足取りを捜して広小路に来ていたのだ。

弥平次は、幸吉、勇次、町役人たちと男の死体の許に向かった。

捲られた筵の下には、素っ裸の中年男の死体があった。

「仏さん、枯葉が被されておりましてね。散歩をしていた御隠居の連れていた犬が見付けたんですよ」

町役人が告げた。

弥平次、幸吉、勇次は死体を検めた。

素っ裸の中年男は、小肥りで髷が切り落されていた。そして、正面から心の臓を一突きにされて殺されていた。

「心の臓を一突きか……」

幸吉は眉をひそめた。

「ああ。そして、素っ裸にして髷を切り落し、身許を隠そうとした……」

雲海坊は、厳しい面持ちで睨んだ。

「紅梅堂の旦那の富次郎殺しと手口が似ていますね」

幸吉は、弥平次に告げた。

「ま、同じと云って良いだろう……」

弥平次は頷いた。

「親分、仏さん、やっぱり小肥りですよ」

勇次は、弥平次の見方を探った。

「うん。髷を切り落したのは、武士ってのを隠す為だな」

弥平次は読んだ。

「じゃあ……」

勇次は、身を乗り出した。

「ああ、下手な小細工をしているが、仏さんはおそらく香月伊織だ」

弥平次は睨み、後手を踏んだのを悔やんだ。

「はい……」

勇次は、喉を鳴らして頷いた。

「親分、じゃあ下手人は、富次郎を殺した奴ですかい……」

幸吉は訊いた。

「間違いないだろう。下手人は紅梅堂の富次郎に続いて御家人の香月伊織を殺した……」

「って事は親分……」

「恨みだ……」

弥平次は、厳しさを滲ませた。

「恨み……」

幸吉、雲海坊、勇次は緊張を浮べた。

「うむ。下手人は富次郎と香月伊織を恨みの果てに殺した。幸吉、おなつの行方は雲海坊と勇次に追って貰う。お前は、おなつの家族や昔の事を調べるんだ」

「はい……」

「俺は、香月伊織を知っている者に仏さんの面通しをして貰い、香月と富次郎の詳しい拘わりを調べる」

弥平次は、それぞれのやる事を決めた。


素っ裸の男の死体は、睨み通り御家人の香月伊織だった。

和馬は報せを聞き、浪人の杉原左京捜しを由松に任せて南町奉行所に戻った。

久蔵の用部屋には、弥平次が一人座っていた。

「和馬の旦那……」

「香月伊織が殺されたって……」

和馬は、緊張した面持ちで座った。

「はい。髷を切られた挙げ句、素っ裸にされて不忍池の雑木林に棄てられていました……」

「身許を隠す為か……」

「きっと……」

弥平次は頷いた。

「それで、秋山さまは……」

「あっしの用でちょいと。で、杉原左京って浪人は……」

弥平次は、幸吉から和馬が杉原左京を追っているのを聞いていた。

「由松が捜しているが、未だだ……」

「そうですか……」

「おう。和馬、やはり一筋縄じゃあ済まねえ殺しだったな……」

久蔵は、苦笑しながら用部屋に戻って来た。

「はい……」

和馬は頷いた。

「処で柳橋の。年番方与力の結城《ゆうき》さまが知っていたぜ」

「年番方与力の結城さまが……」

〝年番方与力〟とは、与力最古参で有能な者が勤め、町奉行所内の取締りから金銭の管理、同心諸役の任免などが役目だ。

「ああ。香月伊織、若い頃は酒に博奕に女遊びの陸でなしだったそうだぜ」

「陸でなしですか……」

「ああ。おまけに浪人や町方の悪と連《つる》んで陰で何をしていたか分からねえって話だ」

「そんな奴ですか……」

「ああ。紅梅堂の富次郎とは、その頃からの悪仲間かもしれねえな」

「きっと……」

弥平次は頷いた。

「どうする」

「若い頃の富次郎と香月伊織を知っている者に確かめてみます」

「心当りはあるのか……」

「はい……」

弥平次は、小さな笑みを浮べた。

「そうか。和馬、おなつが富次郎と香月伊織殺しに拘わっているのは間違いねえな」

「はい。おなつの男は、富次郎の他に杉原左京と云う浪人もいました。おそらく杉原も何らかの拘わりがあるかと……」

「浪人の杉原左京か……」

「はい」

「和馬。おなつは、おそらくその杉原左京と一緒だ。早々に捜し出しな」

久蔵は、厳しい面持ちで命じた。

「秋山さま……」

和馬は、久蔵の厳しさに戸惑った。

「おなつ、この後、何をしでかすか……」

久蔵は、不吉な予感を覚えていた。


小間物問屋『紅梅堂』は、富次郎の弔いが終わっても大戸を降ろして喪に服していた。

弥平次は、『紅梅堂』を訪れて番頭の吉兵衛を呼び出した。

吉兵衛は、不安げな面持ちで現われた。

「やあ、吉兵衛さん。ちょいと訊きたい事がありましてね。一緒に来ちゃあ戴けませんか……」

弥平次は笑顔で告げた。

「は、はい……」

吉兵衛は、微かな怯えを過ぎらせた。

弥平次は、吉兵衛を向かい側にある蕎麦屋の座敷に誘った。

座敷には久蔵が待っていた。

「やあ。紅梅堂の吉兵衛かい。俺は南町奉行所の秋山久蔵だ」

久蔵は、笑顔で告げた。

「き、吉兵衛にございます」

吉兵衛は、不安を募らせた。

「吉兵衛さん、来て貰ったのは他でもない。旦那の富次郎さんと御家人の香月伊織さんは、若い頃からの知り合いだと云っていたが、どんな知り合いだったのかな」

弥平次は尋ねた。

「そ、それは……」

吉兵衛は困惑した。

「吉兵衛、香月伊織も殺されたぜ」

久蔵は、いきなり告げた。

「えっ……」

吉兵衛は、激しく動揺した。

「富次郎の旦那と香月伊織、若い頃、連んでいろいろ悪さをしていたそうだが、お前さん、知っているね」

弥平次は、吉兵衛を見据えた。

「お、親分さん……」

吉兵衛は、喉を引き攣らせ声を嗄らした。

「秋山さまもお見えだ。隠し立ては為にならないよ」

「は、はい……」

吉兵衛は肩を落とし、覚悟を決めたように頷いた。

「富次郎と香月は、若い頃に殺される程の恨みを買った。そいつに心当りがあるならさっさと話してみな」

久蔵は、厳しい面持ちで命じた。

四

二十余年前、富次郎は小間物問屋『紅梅堂』の若旦那であり、香月伊織は御家人家の部屋住みだった。富次郎と香月は連んで遊び歩き、賭場で多額の借金を作って博奕打ちの貸元に追われた。

富次郎と香月は、必死に金策に走り廻った。だが、父親たちに頼む訳にもいかず、金策は叶わなかった。

博奕打ちの貸元は怒り、富次郎と香月の命を狙った。

追い詰められた富次郎と香月は、金を手に入れる為に騙《かた》りを働いた。

「騙り……」

弥平次は眉をひそめた。

「はい……」

吉兵衛は項垂れた。

「富次郎と香月、誰を騙《だま》したのだ」

久蔵は、厳しさを過ぎらせた。

「紅梅堂に簪や帯留を納めている錺職を……」

「錺職……」

「はい。錺職の作った銀簪や帯留を店に内緒で引き取り、勝手に売り捌いて金を作り、借金を返したのでございます」

「錺職はどうした……」

「は、はい。出来上がった銀簪や帯留は、若旦那さまが引き取られたと。ですが、若旦那さまは知らぬ存ぜぬと云い張りました。先代の旦那さまは我が子の若旦那を信じ、錺職を銀などの材料を横領したと、北町奉行所に訴えたのでございます……」

「汚い真似を……」

弥平次は、怒りを滲ませた。

「で、錺職は北町に捕らえられたか……」

「はい。そして、錺職は若旦那に騙されたと云い、無実だと云い張りました。北町のお役人さまも若旦那の日頃の行いを知り、妙だと思ったのでしょう。錺職は敲《たた》き刑となり、入墨者として放免されました。ですが……」

「どうした」

「放免された時、家族はどん底に落ちて極貧に喘《あえ》いでいました。それで錺職は、若旦那を殺して恨みを晴らそうとしたんです。ですが、一緒にいた香月さまが……」

吉兵衛は、苦しげに顔を歪めた。

「錺職を斬ったんだな」

久蔵は睨んだ。

「はい……」

吉兵衛は項垂れた。

騙りに遭った錺職は、富次郎に恨みを晴らそうとして香月伊織に斬られて死んだ。

北町奉行所は、襲い掛かった錺職に非があるとし、香月の罪を問わなかった。

「で、吉兵衛。錺職の家族、今はどうしているのだ」

「分かりません……」

「家族に子供もいたな……」

「はい。七歳ぐらいの娘と五歳程の倅がいた筈です」

女房と幼い子供たちを残し、無実の罪でお縄になった錺職の無念さは察するに余りある。そして、それは残された家族にも云える事であった。

「吉兵衛、錺職の七歳だった娘、何て名前だった……」

七歳の娘は、おなつかもしれない……。

久蔵は睨んだ。

「さあ、そこ迄は……」

吉兵衛は、申し訳なさそうに首を横に振った。

「そうか……」

「あ、あのう……」

吉兵衛は、久蔵に怯えの滲んだ眼差しを向けた。

「なんだ……」

「二十年以上も昔の事が、富次郎の旦那さまや香月さまを……」

吉兵衛は、恐ろしそうに眉をひそめた。

「吉兵衛、殴った奴は忘れても、殴られた奴は生涯忘れねえもんだぜ」

「は、はい……」

「身から出た錆《さび》。恨むのなら自分を恨むんだな……」

久蔵は、腹立たしげに云い放った。

和馬は、天王寺と周囲の寺町に探索を集中した。

幸吉、雲海坊、由松、勇次は、和馬と共におなつと杉原左京を捜して寺を巡り歩いた。

東叡山寛永寺の裏、天王寺の西側には数え切れない程の寺がある。

和馬、幸吉、雲海坊、由松、勇次は、手分けをして探索を急いだ。

「まるで巡礼ですぜ……」

由松は、杉原左京を捜して先に寺を廻っており、うんざりしたように笑った。

「ま、そう云うな。後一踏ん張りだ」

和馬は苦笑した。

家作のある寺を巡り歩く地道な探索は、粘り強く続けられた。


幸吉、雲海坊、勇次は、寺町の茶店で一息入れて茶をすすった。

茶店は、墓参りの客も相手していた。

「亭主、墓に供える花はないかな」

初老の武士が茶店を訪れ、老亭主に尋ねた。

「これは御武家さま、申し訳ありません、花は売り切れにございます」

老亭主は詫びた。

茶店は、墓参りの客を相手に花や線香も売っているのだ。

「そうか。何処の茶店に行っても花は売り切れでな。ならば今日は線香だけにするか……」

初老の武士は、線香を買って茶店を出て行った。

「へえ、今日はどの茶店でも花は売り切れかい……」

幸吉は、茶店の老亭主に訊いた。

「ええ。お彼岸でもないのに、そうらしいんですよねえ……」

老亭主は戸惑った。

「此の店の花は、誰が買って行ったんだい」

雲海坊は茶をすすった。

「そいつが、若い浪人さんでしてね。あるだけの花を買って行きましたよ」

「若い浪人……」

雲海坊は眉をひそめた。

「ええ……」

老亭主は頷いた。

「幸吉っつぁん……」

雲海坊は、幸吉に目配せした。

「うん。どんな浪人だい」

「どんなって。時々、見掛けるからこの界隈に住んでいる浪人さんだと思うけど……」

「名は分からないかな」

「ええ……」

「そうか……」

「幸吉っつぁん、こいつは他の茶店にも訊いてみた方が良いかもしれねえな」

「うん……」

幸吉、雲海坊、勇次は茶店を出た。そして、周囲の茶店に散った。

墓参りの初老の武士が云った通り、寺町にある茶店の花はすべて売り切れていた。

「買って行ったのは、若い浪人だったそうだ」

幸吉は告げた。

「俺の方もだ……」

雲海坊は眉をひそめた。

若い浪人は、寺町にある茶店の花の全部を買い占めていた。

「そんなに花を買い集めて、どうしようってのかな……」

幸吉は、若い浪人の狙いが分からなかった。

「さあな。で、若い浪人の名と何処に住んでいるかは、分かったか……」

「そいつが未だでな……」

幸吉は眉をひそめた。

「兄貴……」

勇次が、駆け寄って来た。

「どうだ……」

「はい。若い浪人は杉原左京。住まいは道灌《どうかん》山近くの正福寺だそうです」

勇次は意気込んだ。

やはり、若い浪人は杉原左京だった。

幸吉たちは、漸く浪人の杉原左京の居場所を突き止めた。

「道灌山近くの正福寺か……」

「はい」

勇次は頷いた。

正福寺にはおなつもいる筈だ。

「やっとおなつの面が拝めるぜ……」

雲海坊は笑った。

「ああ。良くやったな勇次」

幸吉は、勇次を労った。

「いいえ。運が良かっただけです」

「よし。雲海坊、俺は勇次と先に正福寺に行く。お前は和馬の旦那と由松に報せて一緒に来てくれ」

「承知。気を付けてな……」

幸吉と勇次は、雲海坊と別れて正福寺に急いだ。


道灌山は、室町時代の武将の太田《おおた》道灌の館址《やかたあと》である。

正福寺は、その道灌山の傍にあった。

幸吉と勇次は、正福寺の周囲を廻って裏庭に古い家作があるのを見届けた。

古い家作は障子を閉め、静けさに覆われていた。

幸吉と勇次は、近くの田畑で野良仕事をしていた百姓に聞き込みを掛けた。

正福寺の家作には、若い浪人が住んでいるのに間違いなかった。

「杉原左京ですね……」

勇次は、緊張に喉を鳴らした。

「ああ……」

「どうします」

「和馬の旦那が来るのを待つさ……」

「はい……」

幸吉は、本堂の縁の下に潜んで裏庭の家作を見張った。

勇次は、正福寺の門前で和馬たちの来るのを待った。


小半刻が過ぎた。

雲海坊が、和馬と由松を連れてやって来た。

見張っていた勇次が迎えた。

「杉原左京、いるのか……」

雲海坊は尋ねた。

「はい。おそらく裏庭の家作に。幸吉の兄貴が見張っています」

「和馬の旦那……」

雲海坊は、和馬の指示を仰いだ。

「よし。雲海坊、由松、裏門を見張ってくれ」

和馬は命じた。

「承知……」

雲海坊と由松は、正福寺の裏門に向かった。

「よし。幸吉の処に行こう……」

「はい」

和馬と勇次は、正福寺の境内に入って本堂の縁の下に潜り込んだ。

「和馬の旦那……」

幸吉は迎えた。

「雲海坊と由松が裏門に廻った。おなつはいたか……」

「そいつが、障子は閉まったままでして、杉原左京もおなつも姿を見せないんですよ」

幸吉は、微かな戸惑いを滲ませた。

「そうか……」

「どうします。踏み込んでみますか……」

幸吉は、家作を見据えた。

「和馬の旦那、幸吉の兄貴……」

勇次が、正福寺の門前を示した。

久蔵と弥平次が、正福寺の門前に現れた。

二人は杉原左京を追う和馬たちの足取りを辿って来たのだった。

「寺町にある茶店の花のすべてを買い占めたのか……」

久蔵は眉をひそめた。

「はい。何の為かは分かりませんが……」

幸吉は頷いた。

「そうか……」

久蔵は、かつて覚えた不吉な予感が蘇るのを知った。

「秋山さま……」

弥平次は、久蔵に怪訝な眼差しを向けた。

「うむ……」

久蔵は、淋しさの微かに滲む笑みを浮べた。

「どうします。踏み込みますか……」

和馬は、指示を仰いだ。

「うむ。和馬、雲海坊や由松と裏を固めてくれ。俺は四半刻後、正面から行く」

「心得ました」

和馬は、身を翻そうとした。

「ああ。それから俺が良いと云う迄、家作の中には踏み込むんじゃあねえ」

久蔵は、和馬に厳しく命じた。

「はい……」

和馬は、頷いて駆け去った。


四半刻が過ぎた。

久蔵は、古い家作の前に佇んだ。

弥平次、幸吉、勇次は古い家作の正面を囲んだ。そして、和馬、雲海坊、由松が裏手を固めた。

久蔵は、古い家作の障子を見据えた。

風が吹き抜け、木々の葉が揺れた。

古い家作の障子が開いた。

久蔵は見詰めた。

居間から若い浪人が刀を手にして現れ、障子を後ろ手に閉めて縁側に佇んだ。

「杉原左京か……」

久蔵は訊いた。

「おぬしは……」

杉原は、微かな殺気を漂わせて久蔵を見詰めた。

「俺かい。俺は南町奉行所吟味方与力の秋山久蔵って者だ」

久蔵は名乗った。

「秋山さんですか……」

杉原は、久蔵の名を知っているのか、小さな笑みを浮べた。

「ああ。妻恋町のおなつ、来ているな」

久蔵は訊いた。

「秋山さん、おなつが何故、あのような真似をしたのか御存知ですか……」

杉原は微かな殺気を消し、吹き抜ける風に鬢《びん》の解れ髪を揺らした。

「父親に騙りを仕掛け、罪人にした挙げ句に斬り殺した恨み。家族をどん底に突き落とされ、世間の汚ねえ泥水を嫌って程すすらされた恨み……」

久蔵は、微かな腹立たしさを過ぎらせた。

「御存知でしたか……」

「いや。おなつの事は何も知らないぜ」

「そいつは良くある話です……」

「良くある話……」

「ええ。父親が死んだ後、十歳にもならない小娘が大店に奉公して子守りに下働き。やがて、母親と弟が病になり、薬代欲しさに女郎に身を売った。しかし、その甲斐もなく母親と弟は逝ってしまった……」

杉原は淡々と語った。

「そして、呉服屋の隠居に身請けされて妻恋町に囲われたか……」

「ええ……」

「確かに良くある話だが、どうして今なんだい……」

久蔵は、おなつがどうして今、富次郎や香月伊織を殺したかを尋ねた。

「自分が病だと知りましてね……」

「おなつ、病なのか……」

「ええ。母親や弟と同じ病をね……」

杉原は、哀れみを過ぎらせた。

「労咳《ろうがい》か……」

久蔵は眄んだ。

「ええ……」

杉原は頷いた。

おなつは、労咳を患って己の死を悟り、富次郎に近付いて香月伊織の居場所を突き止め、積年の恨みを晴らした。

「で、おなつとお前さんの拘わりは……」

「私はおなつに惚れましてね。いろいろ手伝いましたよ。気に入って貰いたくて何でもしましたよ……」

杉原は笑った。

屈託のない笑いだった。

「そうか……」

杉原は、おなつの罪を被ろうとしている。だが、杉原が富次郎と香月を殺したなら、刺すより斬っている筈だ。

杉原にはそれだけの腕がある……。

富次郎と香月を殺したのは、やはりおなつであり、杉原はそれなりの手伝いをしただけなのだ。

久蔵は睨んだ。

「じゃあ、そろそろおなつに逢わせて貰おうか……」

久蔵は、縁側に近付いた。

杉原は頷き、静かに身を引いた。

久蔵は、縁側に上がって障子を開けた。

花の香りが漂った。


花の香りは、居間の隣の座敷から漂ってきていた。

久蔵は、花の香りの漂う座敷を見た。

座敷には障子越しの陽差しが溢れ、蒲団が敷かれていた。

敷かれた蒲団には女が寝ていた。

おなつか……。

久蔵は、寝ている女の顔を覗いた。

蒼白い顔をした女が、様々な花に囲まれて眼を閉じていた。

死んでいる……。

久蔵は、おなつが死んでいるのを知った。

「昨夜、胸を突いて自害しました……」

杉原は告げた。

おなつは、微かな笑みを浮べていた。

微かな笑みは、恨みを晴らした喜びと満足の証なのかもしれない。

久蔵は、掛け蒲団を捲った。

おなつは、様々な花に覆われていた。

その花の下の胸元には、真っ赤な血が滲んでいた。

まるで咲き誇る赤い牡丹の花のように……。

花に飾られたおなつは、清絶な美しさを誇っていた。

「富次郎と香月伊織が死んだ今、最早思い残す事もなく、労咳に窶《やつ》れ、醜くなって死にたくはないと申しましてね……」

杉原は、おなつを哀れんだ。

おなつは、富次郎と香月伊織を殺して父親の恨みを晴らし、匕首で胸を突いて自害した。

杉原左京は、おなつの死体を花で飾った。

「杉原、死体を検めさせて貰うぜ」

「はい……」

杉原は頷いた。

「柳橋の……」

久蔵は、弥平次たちを呼んだ。


久蔵は、和馬や弥平次たちとおなつの死体を検めた。

雲海坊は、小声で経を読みながら幸吉と共におなつの死体を覆っている花を丁寧にどかした。

おなつは、心の臓を一突きにして果てていた。

躊躇い傷のない、見事な一突きだった。

「覚悟の一突き。見事ですね……」

弥平次は感心した。

「ああ。見事過ぎる一突きだぜ……」

和馬は、杉原左京が刺し殺してやったと疑った。

「和馬、見事過ぎても自害は自害だ。もう良いじゃあねえか、花を元に戻してやりな」

久蔵は命じた。

杉原左京は縁側に佇み、解れ髪を風に揺らして遠くを眺めていた。

「死体に花を飾ったのは、おなつの願いだったのか……」

久蔵は尋ねた。

「いいえ。余りにも辛く哀しい生涯。せめて最期を花で飾ってやりたくて……」

杉原は、滲む涙を零さぬように遠くを眺め続けた。

「おなつ、喜んでいるだろうな」

「そう思って戴けますか……」

「ああ。懇《ねんご》ろに葬ってやるんだな……」

「秋山さん……」

杉原は戸惑った。

「親兄弟の恨みを晴らして自害した仏をお縄にする程、野暮じゃあねえ……」

久蔵は苦笑した。

杉原は、久蔵に深々と頭を下げた。

「花飾りか……」

久蔵は微笑んだ。

風は心地好く吹き抜けた。

この作品は「文春文庫」のために書き下ろされたものです。

文春文庫

秋山《あきやま》久蔵《きゆうぞう》御用《ごよう》控《ひかえ》
花《はな》飾《かざ》り

定価はカバーに表示してあります

2014年4月10日　第1刷

著者　藤《ふじ》井《い》邦《くに》夫《お》
発行者　羽鳥好之
発行所　株式会社 文藝春秋

東京都千代田区紀尾井町 3-23　〒102-8008
TEL　03・3265・1211
文藝春秋ホームページ　http://www.bunshun.co.jp
落丁、乱丁本は、お手数ですが小社製作部宛お送り下さい。送料小社負担でお取替致します。

印刷・大日本印刷　製本・加藤製本
Printed in Japan
ISBN978-4-16-790069-4

（　）内は解説者。品切の節はご容赦下さい。

藤井邦夫
秋山久蔵御用控
帰り花

南町奉行所与力・秋山久蔵の活躍を描くシリーズ第二作。久蔵の義父が辻斬りにあって殺された。調べを進めるとそこには不可解な謎が。亡妻の妹の無念を晴らすため久蔵が立ち上がる！

ふ-30-8

藤井邦夫
秋山久蔵御用控
迷子石

〝迷子石〟に、尋ね人の札を貼る兄妹がいた。探しているのは、押し込みを働き追われる父。探索を進める久蔵は、押し込み犯の背後にさらに憎むべき悪党がいると睨む。シリーズ第三弾。

ふ-30-9

藤井邦夫
秋山久蔵御用控
埋《うず》み火《び》

掘割に袋物屋の内儀の死体が上がった。内儀は入り婿と離縁しておりそれが原因と思われたが、元夫は係わりがないらしい。久蔵は、離縁の裏に潜んでいるものを探る。シリーズ第四弾。

ふ-30-10

藤井邦夫
秋山久蔵御用控
空《うつ》ろ蟬《ぜみ》

隠密廻り同心が斬殺された。久蔵は事件の真相を追って〝無法の地〟と呼ばれる八右衛門島に潜入した。そこで彼の前に現れた、伽羅の匂いを漂わせる謎の女は何者か。シリーズ第五弾。

ふ-30-12

藤井邦夫
秋山久蔵御用控
彼岸花

般若の面をつけた盗賊が、金貸しの屋敷に押し込み金を奪ったうえ主を惨殺した。久蔵は恨みによるものと睨むが…。夜盗の哀しみと〝剃刀久蔵〟の恩情裁きが胸を打つ、シリーズ第六弾。

ふ-30-13

藤井邦夫
秋山久蔵御用控
乱れ舞

浪人となった挙げ句に人を斬った幼な馴染みは、「公儀に恨みを晴らす」という言葉を遺して死んだ。友の無念に、〝剃刀〟久蔵は隠された悪を暴くことを誓う。人気シリーズ第七弾。

ふ-30-14

藤井邦夫
秋山久蔵御用控
花始末

往来ですれ違いざまに同心が殺された。久蔵はその手口から、人殺しを生業とする〝始末屋〟が絡んでいると睨み探索を進めるが、逆に手下の一人を殺されてしまう。シリーズ第八弾！

ふ-30-16

（　）内は解説者。品切の節はご容赦下さい。

藤井邦夫
秋山久蔵御用控
騙《かた》り者《もの》

油問屋のお内儀が身投げした。御家人の秋山久蔵と名乗る男に脅された果てのことだという。事の真相は、そして自分の名を騙った者は誰なのか、久蔵が正体を暴き出す。シリーズ第九弾。

ふ-30-17

藤井邦夫
秋山久蔵御用控
傀儡師《くぐつし》

心形刀流の使い手、「剃刀」と称され、悪人たちを震え上がらせる、南町奉行所吟味方与力・秋山久蔵の活躍を描くシリーズ十四弾が登場。何者にも媚びない男が江戸の悪を斬る!!

ふ-30-5

藤井邦夫
秋山久蔵御用控
余計者

筆屋の主人が殺された。姿を消した女房と手代が事件に絡んでいると見られたが、久蔵は残された証拠に違和感を覚え、手下にさらなる探索を命じる。人気シリーズ書き下ろし第十五弾。

ふ-30-11

藤井邦夫
秋山久蔵御用控
付け火

捕縛された盗賊の手下が、頭の放免を要求して付け火を繰り返した。南町奉行は、久蔵に探索の日切りを申し渡した。久蔵は期限までに一味を捕えられるのか。書き下ろし第十六弾！

ふ-30-15

藤原緋沙子
切り絵図屋清七
ふたり静

絵双紙本屋の「紀の字屋」を主人から譲られた浪人・清七郎は、人助けのために江戸の絵地図を刊行しようと思い立つ。人情味あふれる時代小説書下ろし新シリーズ誕生！　（縄田一男）

ふ-31-1

藤原緋沙子
切り絵図屋清七
紅染の雨

武家を離れ、町人として生きる決意をした清七。与一郎や小平次らと切り絵図制作を始めるが、紀の字屋を託してくれた藤兵衛からおゆりの行動を探るよう頼まれて……新シリーズ第二弾。

ふ-31-2

藤原緋沙子
切り絵図屋清七
飛び梅

父が何者かに襲われ、勘定所に関わる大きな不正に気づく清七。武家に戻り、実家を守るべきなのか。切り絵図屋も軌道に乗ったばかりだが――。シリーズ第三弾。

ふ-31-3

（　）内は解説者。品切の節はご容赦下さい。

八木忠純
蜘蛛《くも》の巣店《すだな》
喬四郎　孤剣ノ望郷
悪政を敷く御国家老に父を謀殺された有馬喬四郎は、江戸の蜘蛛の巣店に身を潜めて復讐を誓う。ままならぬ日々を懸命に生きる喬四郎と、ひと癖ふた癖ある悪党どもが繰り広げる珍騒動。
や-47-1

八木忠純
おんなの仇討ち
喬四郎　孤剣ノ望郷
喬四郎の身辺は騒がしい。刺客と闘いながら、日銭稼ぎの用心棒稼業。思いを寄せるとよも、父の敵を探しているという。偽侍の西田金之助は助太刀を買ってでる腹づもりのようだが……。
や-47-2

八木忠純
関八州流れ旅
喬四郎　孤剣ノ望郷
虎の子の五十両を騙り取られた喬四郎は、逃げた小悪党を追って利根川筋をたどる。だが、無頼の徒が跳梁する関八州のこと、たちまち揉め事に巻き込まれ、逆に八州廻りに追われる身に。
や-47-3

八木忠純
修羅の世界
喬四郎　孤剣ノ望郷
宿願は仇討ち。先立つものは金。刺客と闘いながらも懐の具合が気にかかる喬四郎。今度の仕事は御門番へ届ける弁当の護衛。やさしい仕事と思いきや、高い給金にはやはり裏があった！
や-47-4

八木忠純
目に見えぬ敵
喬四郎　孤剣ノ望郷
喬四郎は二つの決断を迫られていた。一に、手習塾の代教という仕事を引き受けるべきか。二に、美貌の娘・咲と所帯を持つべきか。宿願を遂げるためには、いずれも否とせねばならぬが……。
や-47-5

八木忠純
謎の桃源郷
喬四郎　孤剣ノ望郷
かつておのれを襲った刺客の背後に、御三家水戸藩の後嗣問題と、世を揺るがす陰謀のあることを知った喬四郎。宿敵・東条兵庫を倒すために、もうこれ以上の遠回りはしたくないのだが。
や-47-6

八木忠純
さらば故郷
喬四郎　孤剣ノ望郷
宿敵・東条兵庫の奸計に嵌まり重傷を負った喬四郎は、桃源郷と呼ばれる村に身を隠す。同じ頃、故郷・上和田表では、打倒兵庫の気運が高まっていた。大人気シリーズ完結篇。
や-47-7